Liebe Mutti,

„Mit Lust und Lachen lassen
wir die Runzeln kommen."

HARDY

Zu Deinem 62. Geburtstag von

Bonni, Heri u. Andreas

Henry Miller

Das Lächeln am Fuße der Leiter

The Smile at the Foot of the Ladder

Mit Bildern von Lieselotte Schwarz

Büchergilde Gutenberg

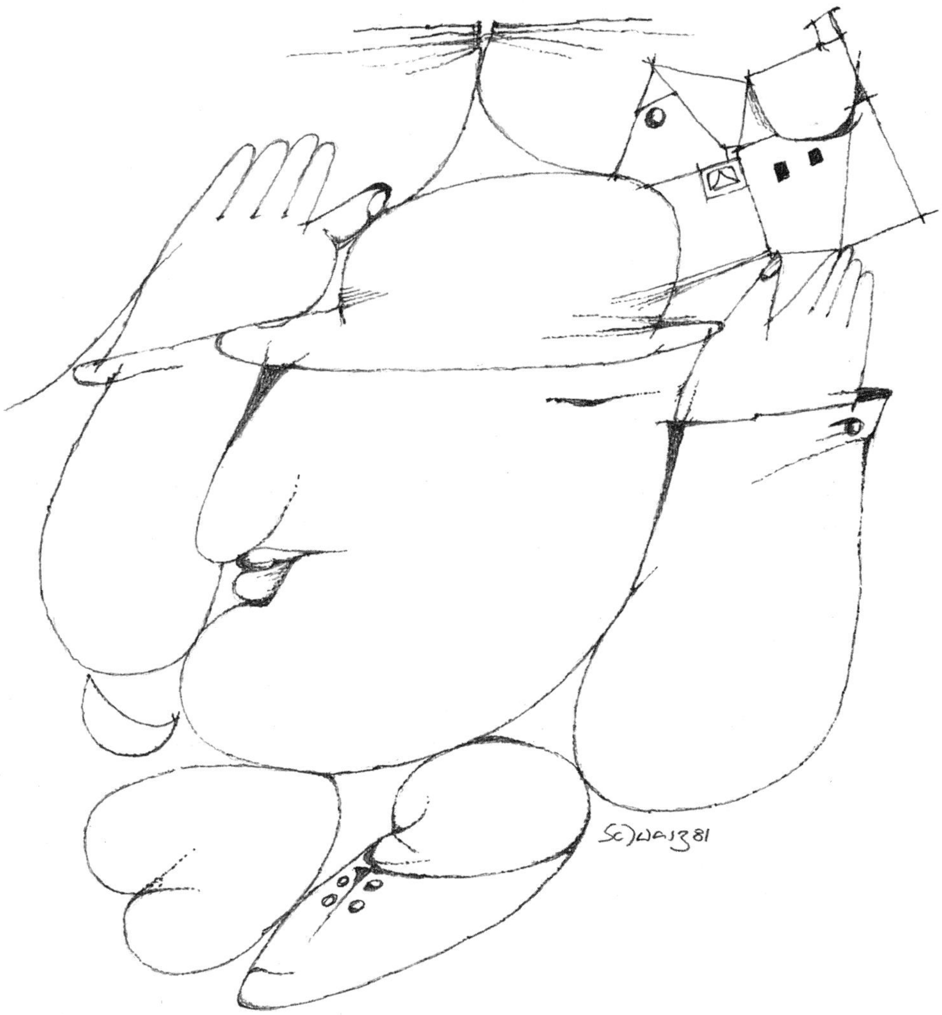

Das Lächeln am Fuße der Leiter

The Smile at the Foot of the Ladder

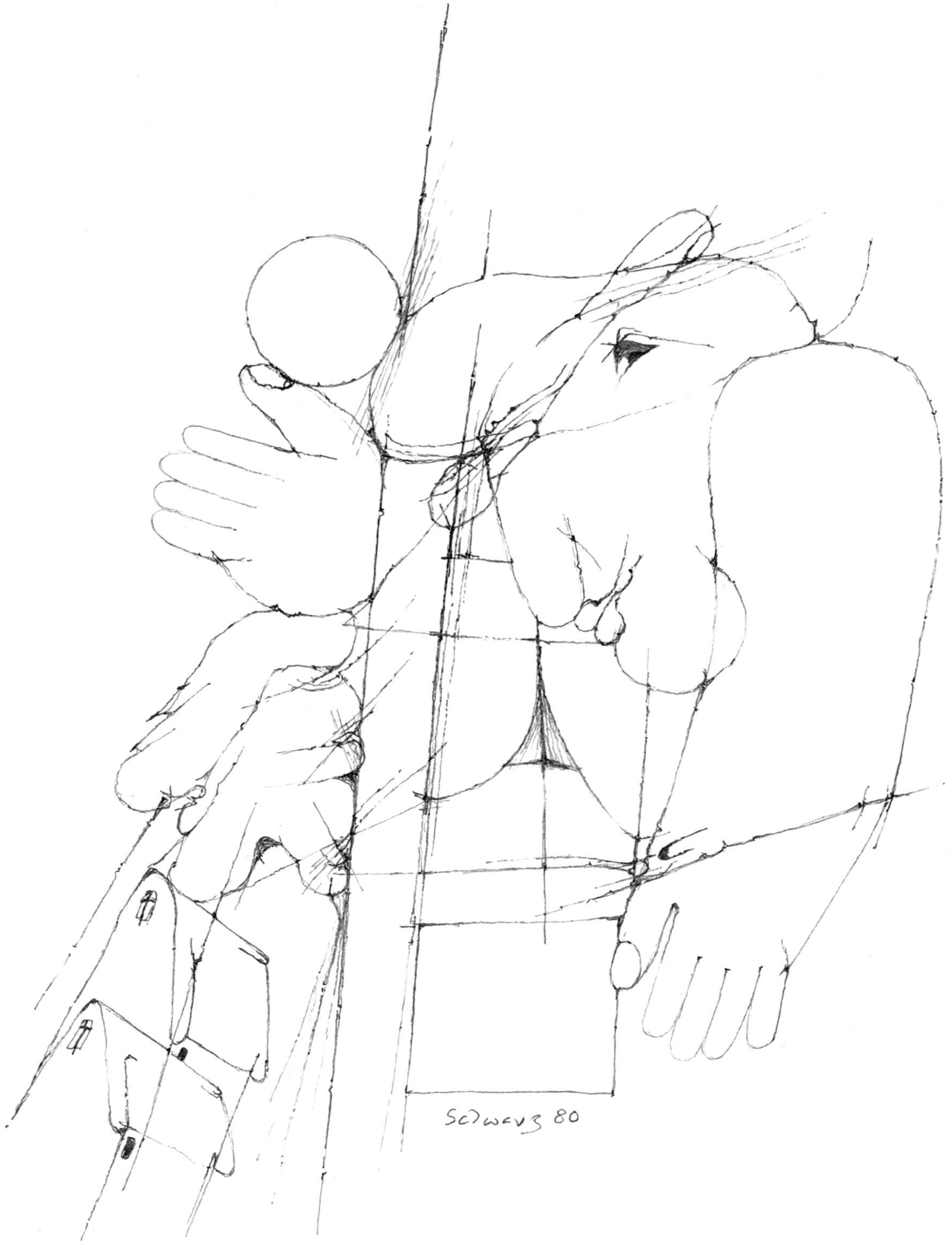
Schwarz 80

Nichts konnte dieses ungewöhnliche Lächeln trüben, diesen Schimmer über Augusts traurigem Gesicht. Im Ring der Manege begann es aus sich selbst zu leuchten, es löste sich ab und strahlte aus eigener Fülle: Abglanz eines niegesehenen Lichts.
Am Fuße einer Leiter, die er gegen den Mond gelehnt hatte, setzte sich August nieder, in Betrachtung verloren. Sein Lächeln gerann, und seine Gedanken waren weit fort. Mit all der Vollendung, die er nun erreicht hatte, spielte er seine Ekstase und überraschte jedesmal das Publikum mit der äußersten Unbeholfenheit, die ein Mensch zeigen kann. Der große Clown beherrschte viele Tricks, aber seine Ekstase war unnachahmlich. Keinem war es bisher gelungen, die Entrückung darzustellen.
Abend für Abend wartete er am Fuße der Leiter auf das weiße Pferd, dessen Mähne in goldenen Kaskaden zu Boden fiel.
Es kam und berührte ihn mit den Nüstern. Die Zärtlichkeit der Stute, laue, feuchte Wärme in seinem Nacken, war wie der Abschiedskuß einer Geliebten. Zärtlich weckte sie ihn, sanft wie der Tau am Morgen die Grashalme, die unter ihm erzittern.
Jeden Abend wurde er aus der Entzückung wieder hineingeboren in den Kreis des grellen Scheinwerferlichts. Da waren wieder Tisch, Stuhl und Decke; das Pferd, eine Glocke, bunte Pappreifen; und die ewige Leiter, der Mond in der Kuppel, die Bocksblase. Mit diesen Requisiten spielten August und seine Kumpane jeden Abend das Drama menschlichen Martyriums.
In schattenhaften Zirkeln hob sich rings um sie Sitzreihe über Sitzreihe aus dem Dunkel der Arena: Gesichter, und große Lücken dazwischen, in denen der Strahl des Scheinwerfers wie

Nothing could diminish the lustre of that extraordinary smile which was engraved on Auguste's sad countenance. In the ring this smile took on a quality of its own, detached, magnified, expressing the ineffable.
At the foot of a ladder reaching to the moon, Auguste would sit in contemplation, his smile fixed, his thoughts far away. This simulation of ecstasy, which he had brought to perfection, always impressed the audience as the summation of the incongruous. The great favorite had many tricks up his sleeve but this one was inimitable. Never had a buffoon thought to depict the miracle of ascension.
Night in and night out he would sit thus, waiting to be nubbed by the white horse whose mane fell to the ground in rivulets of gold. The touch of the mare's warm muzzle on his neck was like the departing kiss of a loved one; it awakened him gently, as gently as the dew enlivening each blade of grass.
Within the radius of the spotlight lay the world in which he was born anew each evening. It comprised only those objects, creatures and beings which move in the circle of enchantment. A table, a chair, a rug; a horse, a bell, a paper hoop; the eternal ladder, the moon nailed to the roof, the bladder of a goat. With these Auguste and his companions managed each night to reproduce the drama of initiation and martyrdom. Bathed in concentric circles of shadow, there rose tier

eine scharfe Zunge leckte. Die Musiker, verschwimmend im glitzernden Staub und im Flimmern der Magnesiumlichter, klammerten sich wie gebannt an ihre Instrumente. Im Wechselspiel von Schatten und Licht wogten ihre Körper wie Sträucher im Wind. Der Schlangenmensch rollte sich ein und schnellte wieder empor – über einem gedämpften Wirbel der Trommeln. Eine Fanfare der Trompeten kündigte den Kunstreiter an – das war die Regel. August begleitete manchmal ein dünnes, spitzes Sägen auf der Violine, manchmal der Spottdrosselton einer Klarinette bei seinen Sprüngen und Narrenpossen. Aber vom Augenblick seines Eintritts in die Trance an verfolgten ihn die Musiker, sogleich inspiriert, von Spirale zu Spirale, von Glückseligkeit zu Glückseligkeit, wie Schlachtrosse eines wildgewordenen Karussells.

Jeden Abend, beim Schminken in der Garderobe, hatte August ein Gespräch mit sich selbst. Die Seehunde, was immer man sie tun ließ, blieben Seehunde. Das Pferd ein Pferd; der Tisch ein Tisch. August dagegen blieb ein Mensch und hatte mehr zu sein: ein ganz besonderes Wesen mit nur ihm eigentümlichen Gaben. Er mußte die Leute zum Lachen bringen. Sie weinen machen, das war nicht schwer, auch ihr Lachen war noch leicht hervorzurufen, das hatte er schon vor Jahren entdeckt, lange bevor er vom Zirkus zu träumen begann. Aber er hatte einen höheren Ehrgeiz: er wünschte den Menschen das Geschenk einer unablässigen, stetig sich neu erweckenden, neu sich speisenden Freude zu geben. Diese fixe Idee hatte ihn zu seiner Finte veranlaßt, zur Ekstase am Fuße der Leiter.

upon tier of faces, broken here and there by empty spaces which the spotlight licked with the avidity of a tongue in search of a missing tooth. The musicians, swimming in dust and magnesium rays, clung to their instruments as if hallucinated, their bodies swaying like reeds in the flickering play of light and shadow. The contortionist always moved to the muffled roll of the drum, the bareback rider was always introduced with a fanfare of trumpets. As for Auguste, sometimes it was the thin squeak of a violin, sometimes the mocking notes of the clarinet, which followed him about as he capered through his antics. But when the moment came to enter the trance, the musicians, suddenly inspired, would pursue Auguste from one spiral of bliss to the next, like chargers nailed to the platform of a carousel which has run wild. Each evening, as be applied the *maquillage*, Auguste would hold a debate with himself. The seals, no matter what they were obliged to do, always remained seals. The horse remained a horse, the table a table. Whereas Auguste, while remaining a man, had to become something more: he had to assume the powers of a very special being with a very special gift. He had to make people laught. It was not difficult to make people weep, nor even to make them laugh; he had found this out long ago, before he had ever dreamed of joining the circus. Auguste, however, had greater aspirations – he wanted to endow his spectators with a joy which would prove imperishable.

Durch puren Zufall war er in Trance verfallen, hatte das Nächste um sich und was zu tun war vergessen. Als er seine Sinne wiedererlangte, verwundert und im höchsten Maße beunruhigt, hörte er frenetischen Applaus. Am nächsten Abend wiederholte er das Experiment, diesmal absichtlich und wohlüberlegt, in der Hoffnung, das rohe, sinnlose Lachen würde endlich der unermeßlichen Freude weichen, die zu erwecken er so innig wünschte. Doch jeden Abend erwartete ihn, seinen fieberhaften Anstrengungen zum Trotz, derselbe irre Beifall.
Je mehr Erfolg er mit dieser Nummer einheimste, desto glühender wurden seine Anstrengungen. Das Lachen verschärfte sich zur Qual seiner Ohren. Endlich wurde es gänzlich unerträglich. Und eines Abends verwandelte sich das Gelächter in Heulen und Pfeifen. Hüte flogen in die Manege, Orangenschalen, Bananen und festere Gegenstände folgten. August erwachte aus seinem ekstatischen Lächeln nicht mehr zur Trauer der Welt. Dreißig Minuten hatte das Publikum gewartet, war unsicher geworden, dann mißtrauisch, und schließlich waren die Nerven gerissen und es explodierte wie ein überheizter Kessel: Hohn strömte aus wie Dampf.
Als August in seiner Garderobe das Bewußtsein wiedererlangte, staunte er, einen Arzt über sich gebeugt zu sehen. Sein Kopf und sein Gesicht waren völlig zerschnitten und zerschlagen. Blut weichte die bunte Schminke auf und gerann mit der fettigen Farbe. August war vollkommen unkenntlich: er glich einem vergessenen Stück Fleisch auf dem Hackstock des Metzgers. Als er den Kontrakt zerrissen hatte, floh August aus der Welt,

It was this obsession which had originally prompted him to sit at the food of the ladder and feign ecstasy. It was by sheer accident that he had fallen into the semblance of a trance – he had forgotten what is was he was supposed to do next. When he came to, somewhat bewildered and extremely apprehensive, he found himself being applauded wildly. The following evening he repeated the experiment, deliberately this time, praying that the senseless, raucous laughter which he so easily evoked would give way to that joy supreme which he longed to communicate. But each night, despite his almost devout efforts, the same delirious applause awaited him.
The more successful it was, this little skit at the foot of the ladder, the more wistful Auguste became. Each night the laughter become more jarring to his ears. Finally it became unbearable. One night the laughter suddenly changed to jeers and cat-calls, followed by hats, refuse and more solid objects too. Auguste had failed to 'come back.' For thirty minutes the audience had waited; then it had grown uneasy, then suspicious, with the tension finally snapping in an explosive outburst of derision.
When Auguste came to in his dressing room he was astounded to find a physician bending over him. His face and head were a mass of cuts and bruises. The blood had coagulated over the paint, distorting his image beyond recognition. He looked like something which had been abandoned on the butcher's block.

die er kannte. Seinen Beruf wollte er nicht weiter ausüben. Unbekannt und unerkannt trieb er zwischen den Millionen, die er zum Lachen gebracht hatte. Es war keine Bitterkeit in seinem Herzen, nur tiefe Trauer. Und es war ein endloser Kampf, die Tränen zurückzuhalten. Er richtete sich mit diesem Zustand seines Herzens ein.
Es ist nichts, sagte er zu sich selbst, nur ein vorübergehendes Mißbehagen, das jeden ergreift, wenn er plötzlich die gewohnte Bahn verlassen muß, und ich bin ein Leben lang in dieser Bahn gefahren. Was Wunder...
Die Monate vergingen, und er begriff allmählich, daß er Verlorenem nachtrauerte. Etwas war ihm genommen worden – nicht die Fähigkeit, Menschen zum Lachen zu reizen, das fesselte ihn längst nicht mehr, nein, Tieferes, das nur ihm allein gehörte. Eines Tages dämmerte in ihm die Erkenntnis, daß er seit langer Zeit den Zustand der Glückseligkeit vermißte. Diese Entdeckung machte ihn zittern, er konnte es nicht mehr erwarten, in sein Zimmer zurückzukehren. Aber anstatt das Hotel aufzusuchen, rief er ein Taxi herbei und verlangte vom Fahrer, daß er ihn vor die Stadt führe. Aber wohin? wollte der Chaffeur wissen.
»Überallhin, wo es Bäume gibt«, erwiderte August ungeduldig. »Beeil dich, ich bitte darum – es ist dringend ...«
Hinter einem Kohlenschuppen fand der Chauffeur einen einzelstehenden Baum. August befahl zu halten.
»Ist es hier?« fragte der Fahrer ahnungslos. »Ja, und laß mich in Frieden ...«

His contract abruptly terminated, Auguste fled from the world he knew. Having no desire to resume his life as a clown, he took to wandering. He drifted unknown, unrecognized, among the millions whom he had taught to laugh. There was no resentment in his heart, only a deep sadness. It was a constant fight to keep back the tears. At first he accepted this new condition of the heart. It was nothing more, he told himself, than a malaise created by the sudden interruption of a lifelong routine. But when months had gone by he gradually came to realize that he was mourning the loss of something which had been taken from him – not the power to make people laugh, ah no! that he no longer cared about – something else, something deeper than that, something which was uniquely his own. Then one day it dawned on him that is was long, long ago since he had known the state of bliss. He trembled so upon discovering this that he could not wait to get to his room. Instead of rushing to his hotel, however, he hailed a taxi and ordered the driver to take him to the outskirts of the town. But where to exactly? the driver wanted to know. "Wherever there are trees," said Auguste impatiently. "But make haste, I beg – it's urgent."

Outside a coal yard they came upon a lone tree. Auguste ordered the driver to stop. "Is this the place?" asked the driver innocently.

"Yes, leave me in peace," responded Auguste.

Lange Zeit mühte sich August verzweifelt, rund um sich jene Atmosphäre zu schaffen, die ihn umgab, wenn er abends im Zirkus zur Leiter trat. Es war eine Voraussetzung. Aber das Licht blieb hart und unerbittlich; eine schreckliche Sonne brannte in seinen Augen.

Das Einfachste ist, dachte er, ich bleibe hier sitzen, bis die Nacht kommt. Wenn der Mond aufsteigt, wird alles seinen rechten Platz finden.

Wenige Augenblicke später war er bereits eingeschlafen. Es war ein schwerer Schlaf. Er träumte von seiner Rückkehr in die Manege. Nichts hatte sich dort geändert, alles war geblieben, wie es war, nur war es nicht länger ein Zirkus, in dem gespielt wurde. Die Kuppel war verschwunden, die Wände des Zeltes waren fortgestürzt in die Nacht.

Über seinem Haupt stand der wirkliche Mond hoch in den Himmeln, ein Mond, der durch unbewegte Wolken ritt.

An Stelle der Sitzreihen dehnte sich in sanfter Steigung Mauer an Mauer, aus Menschen gebildet, wie die Befestigungswälle einer Stadt.

Kein Laut, kein Lachen, kein Murmeln dieses Publikums. Eine unübersehbare Menge von Gespenstern in einem endlosen Raum, und jedes dieser grauen Gespenster hing an einem Kreuz.

Erstarrt vor Angst, vergaß August alles, was er hatte tun wollen.

Nach einer unerträglich langen Pause der Unentschlossenheit, während der er sich grausamer verraten und verlassen fühlte als der Erlöser selbst, machte er einen wilden Versuch zu entfliehen.

Aber wohin immer er rannte: die Ausgänge waren versperrt.

Schwarz 80

For an endless time, it seemed, Auguste struggled to recreate a semblance of the mood which usually served as a prelude to the nightly performance at the foot of the ladder. Unfortunately the light was harsh: a scorching sun seared his eyeballs. "I shall just sit here," he thought to himself, "until night falls. When the moon comes out everything will fall into place." In a few moments he dozed off. It was a heavy sleep in which he dreamed that he was back again in the ring. Everything was as it had always been, except that it was no longer a circus in which things were going on. The roof had disappeared, the walls had fallen away. Above him was the real moon high in the heavens, a moon that seemed to race through stationary clouds. Instead of the usual circular tiers of benches there rose at a gentle incline, and straight to the sky, literally walls of people. Not a laugh could be heard, not a murmur. They hung there, these vast multitudes of spectres, suspended in fathomless space, each and every one of them crucified. Paralyzed with fear, Auguste forgot what it was he was supposed to do. After an intolerable period of suspense, during which it seemed to him that he was more cruelly deserted and abandoned than the Saviour himself had ever been, Auguste made a frantic dash to escape the arena. But in whichever direction he ran the exits were blocked. In desperation he took to the ladder, started climbing feverishly, and climbed and climbed until his breath gave out. After due pause he

In seiner Verzweiflung stürzte er sich auf die Leiter und begann fieberhaft zu klettern, emporzuklimmen, immer höher und immer noch höher, bis ihn der Atem verließ. Da hielt er inne, atmete und wagte die Augen zu öffnen.
Zuerst blickte er nach unten. Die Leiter verlor sich mit ihrem fast unsichtbaren Fuß auf einer fernen Erde. Dann blickte er empor. Sprosse nach Sprosse stieg da auf, durchstieß in einer endlosen Reihe die Wolken und das Blau des Himmels und führte gerade an den Mond hinan. Es war ein Mond, der unter den Sternen lag, ein Mond, unausdenkbar fern, feuchtschimmernd wie eine Scheibe aus Eis, an das Gewölbe der Welt gefroren. August begann zu weinen und zu seufzen. Echogleich, schwach und verhalten zuerst, aber langsam schwellend bis zur Klage des Ozeans, drangen zu ihm die Seufzer der Menge. »Schrecklich«, murmelte er im Traum. »Schrecklicher als Geburt und Tod. Ich bin gefangen im Fegefeuer.« Darüber schwanden August die Sinne, und er fiel hintenüber ins Nichts. Nur so viel kam ihm noch zu Bewußtsein, daß die Erde seinem Körper in riesiger Masse entgegenwuchs. Und das, wußte er, würde das Ende Augusts sein, das wahre Ende, der Tod aller Tode.
Erinnerung streifte ihn, wie Licht aufblitzt an der Schneide eines Messers. Er hatte nur mehr eine Sekunde, keine zweite, eine halbe Sekunde vielleicht, und dann war unwiderruflich Schluß. Was störte nun die Tiefe seiner Seele, woher kam das jähe stählerne Strahlen? Leuchtete es ihm schon voran in die dunkle Höhle des Todes und der Vergessenheit? Er dachte mit einer so fiebrigen Schnelligkeit, daß sich sein ganzes Leben im Bruchteil

ventured to open his eyes wide and look about him. First he looked downward. The food of the ladder was almost invisible, so far below lay the earth. Then he looked upward; rung after rung stretched above him, endlessly, piercing the clouds, piercing the very blue in which the stars were cushioned. Straight to the moon rose the ladder. It was a moon which lay beyond the stars, a moon infinitely remote, glued like a frozen disk to the vault above. Auguste began to weep and then to sob. Like an echo, faint, restrained at first, but gradually swelling into an oceanic wail, there came to his ears the groans and sobs of the countless multitude which walled him about. "Horrible," muttered Auguste. "It is like birth and death at once. I am a prisoner in Purgatory." With this he swooned, falling backwards into nothingness. He regained consciousness just as he realized that the earth was pressing forward to receive him. That, he knew, would be the end of Auguste, the real end, the death of deaths. And then, like a knife gleam, there came a flash of memory.
Not another second was left him; a half second, perhaps, and he would be no more. What was it that had stirred in the depths of his being, flashed like a blade, only to precede him into oblivion? He thought with such rapidity that in the fleeting fraction of a second which was left him he was able to summon up the whole pageant of his life. But the most important moment in his life, the jewel about which all the meaningful events

einer Sekunde vor ihm versammelte. Aber den wichtigsten Augenblick in diesem Leben, das Kleinod, um das sich alle anderen, kleineren Steine, Stunden und Tage ansetzten – dies wiederzuerleben gelang nicht. Es war das Licht, die Offenbarung selbst, die unterging. Denn er wußte nun: es hatte in seinem Leben einen Augenblick gegeben, in dem sich alles erhellte. Und jetzt, da es zum Sterben ging, wurde er dieser höchsten Gabe heimtückisch beraubt. Mit der Geschicklichkeit eines genialen Geizhalses versuchte er das Unmögliche: er fing das letzte Glänzen der Sekunde wie einen Spiegel aus Glas und zersplitterte sie in unendlich winzige Teilchen. Nichts in seinem Leben konnte sich mit dem sinnlichen Entzücken vergleichen, das er inmitten dieses zertrümmerten, aufgelösten Bruchteils einer Sekunde schwebend empfand. Inmitten dieser funkelnden Splitter, in einem durchsichtig feinen Netz der Zeit sank er hinab und entdeckte voller Schrecken, daß es die Fähigkeit zur Erinnerung war, die er in sich zerschlagen hatte. Er fiel in die Leere, stürzte in das absolute Nichts, in die Nacht.

Von seinen Träumen sinnlich erschöpft und verwüstet, beschloß August am nächsten Tage, sein Zimmer nicht zu verlassen. Erst gegen Abend zu rührte er sich. Er hatte den ganzen Tag im Bett verbracht, in einem teilnahmslosen Spiel mit den Bruchstükken seiner Erinnerung, die ihn noch wie ein Schwarm von Heuschrecken umschwirrten. Endlich gelang es ihm, diesem weiten, brodelnden Kessel zu entrinnen. Er zog sich an und ging fort, verlor sich müde in der Menge. Kaum entsann er sich des Namens der Stadt, durch deren Straßen er strolchte.

Schwarz 82

of the past clustered, he could not revive. It was revelation itself which was foundering with him. For he knew now that at some moment in time all had been made clear to him. And now that he was about to die, this, the supreme gift, was being snatched from him. Like a miser, with a cunning and an ingenuity beyond all reckoning, Auguste succeeded in doing the impossible: seizing this last fraction of a second which had been allotted him, he began dividing it into infinitesimal moments of duration. Nothing he had experienced during the forty years of his life, not all the moments of joy put together, could begin to compare with the sensual delight he now experienced in husbanding these splintered fragments of an exploded fraction of a second. But when he had chopped this last moment of time into infinitesimal bits, so that it spread about him like a vast web of duration, he made the alarming discovery that he had lost the power to remember. He had blanked himself out.

The following day, emotionally exhausted by the ravages of this dream, Auguste decided to remain in his room. It was only towards evening the he bestirred himself. He had spent the whole day in bed, listlessly toying with the throngs of memory which for some inexplicable reason had descended upon him like a plague of locusts. Finally, weary of being buffeted about in this vast cauldron of reminiscence, he dressed himself and

An ihrem Rande stieß er auf eine Zirkustruppe, eine jener unsteten Banden, die ihr Leben auf der Achse verbringen. Augusts Herz begann stürmisch zu pochen. In großer Erregung näherte er sich einem der Wagen und stieg zaghaft die kleinen Stufen an seiner Rückseite empor. Er wollte an die Tür klopfen. Da hörte er das Wiehern eines Pferdes und hielt inne. Im selben Augenblick spürte er die Nüstern des Tieres in seinem Rücken. Eine tiefe Freude durchschauerte seinen Körper. Die Arme um den Hals des Tieres geschlungen, sprach er zarte, milde Worte, als grüße er einen lange verschollenen Freund.

Die Tür des Wagens wurde mit einem plötzlichen Ruck geöffnet, und eine helle Frauenstimme unterdrückte einen Ausruf der Überraschung.

»Ich bin's nur, August …« murmelte er außer Fassung.

»August?« wiederholte die Stimme. »Kenne ich nicht.«

»Entschuldigen Sie!« sagte er leise und schuldbewußt. »Ich gehe auch schon.«

Aber er war noch keine fünf Schritte weit gekommen, als er die Frau rufen hörte.

»He! August! Komm zurück! Warum läufst du weg?«

Er blieb stehen, drehte sich um, zögerte einen Augenblick, dann floß ein Lächeln über sein Gesicht. Die Frau lief mit ausgestreckten Armen auf ihn zu. August erschrak. Für eine kleine Sekunde hatte er das Bedürfnis zu fliehen. Aber es war zu spät. Die Arme der Frau umklammerten ihn bereits und hielten ihn fest.

»August, August!« rief sie immer wieder. »Daß ich dich nicht gleich erkannt habe!«

sauntered out to lose himself in the crowd. It was with some difficulty that he managed to recall the name of the town through whose streets he was strolling. At the outskirts of the town he came upon a group of circus folk, one of those fugitive bands of players who live on wheels. Auguste's heart began to beat wildly. Impulsively he rushed to one of the *roulottes* – they had been drawn up in the form of a circle – and timidly mounted the little steps which had been dropped from the rear of the vehicle. He was about to knock when the neighing of a horse close beside him arrested him. The next instant the muzzle of the horse was grazing his back. A deep joy pervaded Auguste's whole being. Putting his arms about the animal's neck, he spoke in gentle, soothing words, as if greeting a long lost friend.

The door behind him opened suddenly and a woman's voice smothered an exclamation of surprise. Startled almost out of his wits, he mumbled: "It's only me, Auguste."

"Auguste?" she repeated after him. "Don't know him."

"Excuse me," he mumbled apologetically, "I must be going."

He had gone only a few steps when he heard the woman shouting: "Hey there, Auguste, come back here! What are you running away for?"

He stopped dead, turned around, hesitated a moment, then broke into a broad grin. The woman flew towards

August erbleichte bei diesen Worten. Zum erstenmal wurde er auf seiner langen, einsamen, ziellosen Wanderung wiedererkannt. Die Frau hielt ihn wie in einem Schraubstock fest. Nun küßte sie ihn, erst auf eine Wange, dann auf die andere, dann auf die Stirn und schließlich mitten auf den Mund. August bebte wie ein Blatt im Wind.

»Ich möchte gerne ein Stück Zucker«, bettelte er, als er sich befreien konnte.

»Zucker?«

»Ja, für das Pferd«, sagte August.

Während die Frau in den Wagen zurückkehrte und auf der Suche nach Zucker im Innern rumorte, setzte sich August bequem auf den Stufen zurecht. Mit sanfter, zitternder Nüster liebkoste das Pferd seinen Nacken. Seltsames Zusammentreffen: gerade in diesem Augenblick stieg der Mond hinter den Bäumen am Horizont empor. Eine wunderbare Ruhe kam über August. Für einige wenige Sekunden – wenn es Sekunden waren – saß er in einem Halbschlaf der Dämmerung. Dann kam die Frau zurück. Ihr weiter Rock wehte über seine Schulter, als sie leichtfüßig zu Boden sprang.

»Wir glaubten alle, du seist tot«, sagte sie.

Sie setzte sich zu seinen Füßen auf den Rasen.

»Und alle Welt hat dich gesucht«, fügte sie hinzu, während sie ihm Stück für Stück Zucker in die Hand schob.

August lauschte stumm. Die Worte flossen über ihn, aber ihren Sinn begriff er nur langsam, so langsam, als kämen die Worte vom fernen Ende der Welt. So oft die Zunge des Pferdes lau und

him, arms outstretched. A mild panic seized Auguste. For a brief moment he had a notion to turn and flee. But is was too late. The woman's arms were now about him, clasping him tight.

"Auguste, Auguste!" she exclaimed over and over. "To think I didn't recognize you!"

At this Auguste paled. It was the first time in all his wandering that any one had caught up with him.

The woman was still holding him like a vise. Now she was kissing him, first on one cheek, then the other, then the brow, then the lips. Auguste was quaking.

"Could I have a lump of sugar?" he begged, as soon as he could disengage himself.

"Sugar?"

"Yes, for the horse," said Auguste.

While the woman rummaged about inside the van Auguste made himself comfortable on the little steps. With soft, tremulous muzzle the horse was licking the back of his neck. It was just at his moment, strange coincidence, that the moon shook itself clear of the distant tree tops. A wonderful calm fell upon Auguste. For just a few seconds – it could have been hardly more than that – he enjoyed a sort of twilight sleep. Then the woman came bouncing out, her loose skirt brushing his shoulder as she leapt to the ground.

"We all thought you were dead," were her first words, as she seated herself on the grass by his feet. "The whole

feucht seinen Handballen leckte, durchrann ihn das Entzücken mit köstlichen Schauern. Jetzt erlebte er eindringlich wieder jenen Zustand zwischen Traum und Wachen, den er sonst nur vom Fuße der Leiter her kannte, die Pause zwischen der Entrückung, die ihn kraftlos zurückließ, wenn er ihr langsam entwich, und dem vollen Ausbruch des Beifalls, der in seinen Ohren mählich wie das Rollen eines fernen Donners schwoll.

Keinen einzigen Augenblick lang dachte August daran, in das Hotel zurückzukehren und sein Gepäck zu holen. Eingeschlossen in den magischen Kreis der Räder und Wagen, lag er nahe dem Feuer auf seiner Decke und verfolgte schlaflos die bleiche Bahn des Mondes. Als er endlich die Lider schloß, war sein Entschluß gefaßt: er ging mit der Truppe. Dieser Leute wußte er sich sicher: sie würden das Geheimnis seines Namens wahren.

Die Arbeit beim Aufstellen des Zeltes, das Ausrollen der Teppiche, das Auspacken der Requisiten, das Tränken und Pflegen der Pferde, alle die tausend Dinge zu tun, die man von ihm verlangte – reine Freude war dies für August. Er vergaß sich in der Erfüllung der einfachen und harten Forderungen des Tages. Von Zeit zu Zeit gestattete er sich das Vergnügen, einer Aufführung beizuwohnen. Mit ganz neuen Augen schätzte er den Mut seiner Reisegenossen ein. Besonders die Partie des Clowns erregte ihn: diese stumme Schaustellung, beredter nun in ihrer Sprache als früher, als er noch selbst aufgetreten war. Er fühlte sich frei, so frei, wie er sich als Mitspieler nie gefühlt hatte. Oh, es war wundervoll, der Rolle ledig zu sein und völlig einzutauchen in die gestaltlose Gleichförmigkeit des Lebens, ein Staubkorn zu werden

world has been looking for you," she added rapidly, passing him one lump of sugar after another.
Auguste listened mutely as the woman rattled on. The sense of her words came to him slowly, very slowly, as if traveling to his ears from some far distance. What enthralled him was the delicious sensation which spread through his body whenever the warm wet muzzle of the horse licked the palm of his hand. He was reliving intensely that intermediate stage which he used to experience nightly at the foot of the ladder, the period between the falling away of bliss and the wild burst of applause which always came to his ears like the roll of distant thunder.
Auguste never even thought of returning to the hotel to gather his few belongings. He spread a blanket on the ground beside a fire and, locked within the magic circle of wheels and wagons, he lay awake following the lurid course of the moon. When he at last closed his eyes it was with the decision to follow the troupe. He knew that he could trust them to keep his identity secret.
To help set up the tent, to roll the big rugs out, to move the props about, to water the horses and groom them, to do the thousand and one chores which were required of him, all this was sheer joy to Auguste. He lost himself with abandon in the pursuance of the menial tasks which filled his days. Now and then he indulged himself in the luxury of observing the performance as a spectator.

unter Millionen und dabei ... ja, und dabei immer noch nützlich zu sein und teilzuhaben, inniger vielleicht als jemals zuvor. Welche Verblendung war es gewesen, zu glauben, daß er den Menschen einen großen Dienst erwies, wenn er sie zum Lachen, Schreien und Weinen brachte! Er empfing nicht länger Applaus; vorbei die Stürme des Lachens, die Schmeicheleien! Er empfing Größeres, feinere Nahrung der Seele – Lächeln. Lächeln der Dankbarkeit? Nein. Lächeln der Anerkennung! Er wurde wieder als menschliches Wesen aufgenommen, als ein Wesen, das sich wohl von anderen unterschied, aber dennoch ihrer Gemeinschaft unauflöslich zugehörte. Das war wie kleine Schlucke eines Labetrunks, die man in Notzeiten erhält und die das Herz köstlicher erfrischen als Fässer Weins in den Jahren des Überflusses.

Unter der Wärme dieses Lächelns, das er wie süße Trauben einer reichen Ernte in die Scheuer fuhr, blühte August Tag für Tag voller und offener auf. Er fühlte sich mit einer unversiegbaren Fülle von Güte begabt, und er war begierig, stets ein übriges zu tun, mehr als man von ihm verlangte. Man konnte niemals zuviel von ihm fordern – so bereit war er nun. Er hatte eine kleine Redewendung für sich gefunden, die er leise vor sich hinmurmelte, wenn er an die Arbeit ging: »A votre service!« Vor den Tieren schämte er sich nicht, ganz laut zu sprechen; ihnen brauchte nichts verheimlicht zu werden. »A votre service«, sagte er zur Stute und hängte ihr den Hafersack über den Kopf. Und so zu den Robben, wenn er ihnen die schimmernden Rücken klopfte. Manchmal, wenn er aus dem Zelt hinaustrat in die sternen-

It was with new eyes he noted the skill and the fortitude of his companions in travel. The miming of the clowns particularly intrigued him; it was a dumb show whose language was more eloquent to him now than when he was one of them. He had a sense of freedom which he had forteited as a performer. O, but it was good to throw off one's role, to immerse oneself in the humdrum of life, to become as dust and yet ... well, to know that one was still part of it all, still useful, perhaps even more useful thus. What egotism it was to imagine that because he could make men laugh and cry he was rendering them a great boon! He non longer received applause, nor gales of laughter, nor adulation. He was receiving someting far better, far more sustaining – *smiles*. Smiles of gratitude? No. Smiles of recognition. He was accepted again as a human being, accepted for himself, for whatever it was that distinguished him from, and at the same time united him with, his fellow man. It was like receiving small change which, when one is in need, regenerates the heart's flow in a way that bank notes never do.
With these warm smiles which he garnered like ripe grain each day Auguste expanded, blossomed anew. Endowed with a feeling of inexhaustible bounty, he was always eager to do more than was demanded of him. Nothing one could ask of him was too much – that was how he felt. There was a little phrase he mumbled to himself continually as he went about his tasks: *"à votre service."*

flimmernde Nacht, hob er die Augen, so als wolle er den Schleier durchbrechen, der unsere Augen vor dem Universum in seiner ganzen Herrlichkeit beschützt, und flüsterte sanft und verehrungsvoll: »A votre service, Grand Seigneur!«
Niemals hatte August einen ähnlichen Frieden gekannt, eine ähnliche Befriedigung, eine so tiefe und dauernde Freude.
An den Zahltagen trug er seinen mageren Lohn in die Stadt, wanderte von Bude zu Bude, auf der Suche nach Geschenken für die Kinder – und für die Tiere! Ihm selbst genügte eine Fingerspitze voll Tabak.
Aber eines Tages erkrankte der Clown. August saß gerade vor einem Wohnwagen und flickte eine alte Hose, als er die Neuigkeit erfuhr. Er murmelte einige Worte des Mitgefühls und setzte seine Arbeit fort. Dennoch hatte er sogleich begriffen, was diese Nachricht für ihn bedeutete: man würde ihn auffordern, Antoine zu ersetzen, darüber konnte kein Zweifel bestehen.
Er mühte sich, die aufsteigende Erregung zu unterdrücken, und versuchte, ruhig und nüchtern über die Antwort nachzudenken, die er geben mußte, wenn die Zeit gekommen war. Lange wartete er so, aber niemand fragte. Er allein war fähig, Antoines Stelle einzunehmen, dessen war er gewiß. Was hielt sie zurück? Auch als er sich erhob und zwischen den Wagen umherstrich, um sie nachdrücklicher auf seine Anwesenheit aufmerksam zu machen, um ihnen Gelegenheit zur Frage zu geben, wann und wo immer sie es wünschten, machte niemand Anstalten, mit ihm ins Gespräch zu kommen.
Zuletzt entschloß er sich, das Eis selbst zu brechen. Nach

With the animals he would raise his voice, there being no need to withhold such simple words from them. *"A votre service,"* he would say to the mare, as he slipped the feed bag over her head. To the seals likewise, as he patted their gleaming backs. Sometimes, too, stumbling out of the big tent into the starlit night, he would look above as if trying to pierce the veil which protects our eyes from the glory of creation, and he would murmur softly and reverently: *"A votre service, Grand Seigneur!"*

Never had Auguste known such peace, such contentment, such deep, lasting joy. Pay days he would go to town with his meagre earnings and wander through the shops, searching for gifts to bring the children – and the animals too. For himself a bit of tobacco, nothing more.

Then one day Antoine, the clown, fell ill. Auguste was sitting in front of one of the *roulottes*, mending an old pair of trousers, when the news was brought him.

He mumbled a few words of sympathy and continued with his mending. He realized immediately, of course, that this unexpected event involved him. He would be asked to substitute for Antoine, no doubt about it. Auguste endeavored to quell the excitement which was rapidly mounting in him. He tried to think quietly and soberly what answer he would give when the moment came.

He waited and waited for some one to return, but no one came. No one else could take Antoine's place, he was

alledem, warum nicht? Warum sollte er seine Dienste nicht anbieten? Er fühlte sich stark und voll guten Willens gegen jedermann. Wieder Clown zu sein, war ein Geringes für ihn, ein Nichts. Ebensowohl konnte er einen Tisch vorstellen, einen Stuhl, eine Leiter, ganz nach Bedarf. Er verlangte keinerlei besondere Vorrechte für sich, er war einer der ihren, er teilte ihre Sorgen und ihr Leid.

»Hören Sie zu«, sagte er zum Boss, als er ihn endlich erwischte. »Ich bin bereit, heute nacht an Antoines Stelle zu treten. Das gilt natürlich nur«, fügte er hinzu und zögerte einen Augenblick, »wenn Sie nichts Besseres in Aussicht haben.«

»Nein, August, Sie sind der einzige, das wissen Sie genau. Es ist sehr freundlich von Ihnen ...«

»Aber?« fragte August knapp und mißtrauisch. »Glauben Sie vielleicht, ich könnte den Clown nicht mehr spielen?«

»Aber nein, nicht das, nicht das! Es ist ja eine große Ehre für uns ...«

»Also was dann?« forschte August, fast zitternd vor Eifer und Ungeduld, denn er verstand jetzt, daß es eine Frage des Taktes war.

»Die Sache ist die«, sagte der Boss in seiner langsamen Weise. »Sehen Sie, wir haben alles unter uns besprochen. Wir wissen, wie es um Sie steht. Nun ja, wenn Sie an Stelle von Antoine einspringen würden ... Verflucht noch einmal, was rede ich! Stehen Sie nicht herum und schauen Sie mich nicht so an! Hören Sie zu, August, was ich sagen möchte ... Tja, das ist – wir möchten keine alten Wunden aufreißen. Verstehen Sie mich?«

certain of that. What was holding them back then? Finally he got up and wandered about, just to let them know he was there, that they could put the question to him whenever they wished. Still no one made effort to engage him in conversation.

At last he decided to break the ice himself. Why not, after all? Why shouldn't he volunteer his services? He felt so fortified, so full of good will towards every one. To be a clown again, it was nothing, nothing at all. He could just as well be a table, a chair, a ladder, if need be. He wanted no special privileges; he was one of them, ready to share their sorrows and misfortunes.

"Look," he said to the boss whom he had finally collared, "I'm thoroughly prepared to take Antoine's place tonight. That is," and he hesitated a moment, "unless you have some one else in mind."

"No, Auguste, there ist no one else, as you know. It's good of you to offer..."

"But what?" snapped Auguste. "Are you afraid perhaps that I can no longer perform?"

"No, not that, not that. No, it would be a privilege to have you..."

"But what then?" demanded Auguste, almost trembling with apprehension, for he realized now that it was delicacy and tact with which he had to deal.

"Well, it's like this," the boss began in his slow, lumbering way. "You see, we've been talking it over among ourselves.

August fühlte, wie ihm die Tränen in die Augen stiegen. Er nahm die beiden großen Hände des anderen, hielt sie behutsam in den seinen und floß, ohne ein Wort zu sprechen, über vor Dank. »Lassen Sie mich heute auftreten«, bettelte er. »Ich bin der Ihre, so lange Sie wollen – eine Woche, einen Monat, sechs Monate. Es würde mir Spaß machen. Das ist die Wahrheit. Sie werden nicht nein sagen? …

Einige Stunden später saß August vor dem Spiegel und studierte sein Gesicht. Es war eine Gewohnheit von früher her, vor dem Schminken lange auf sein Widerbild zu starren. So bereitete er sich für den Auftritt vor. Er betrachtete seine triste Erscheinung und begann dann plötzlich dieses Gesicht fortzuwischen, ein neues überzustreichen, eines, das alle Welt kannte. Das Gesicht Augusts! Den wahren August kannte freilich niemand, nicht einmal seine Freunde, denn der Ruhm hatte ihn zum Einsiedler gemacht.

Wie er so saß, überwältigt von der Erinnerung an tausend ähnliche Nächte vor dem Spiegel, fing er an zu begreifen, daß jenes abseitige Leben, das er eifersüchtig als sein alleiniges Eigentum bewacht hatte, diese heimliche Existenz, die scheinbar den innersten Kern seines Wesens bewahrte, letzten Endes kein Leben war, daß sie ein Nichts war, nicht einmal der Schatten eines Lebens. Zu leben begonnen hatte er erst an jenem Tage, an dem er sich der Truppe anschloß, in dem Augenblick, als er zu dienen begann als der Letzte und Einfachste unter ihnen. Jenes heimliche Leben hatte sich verflüchtigt, fast ohne daß er es merkte; er war wieder ein Mensch geworden wie andere, mit

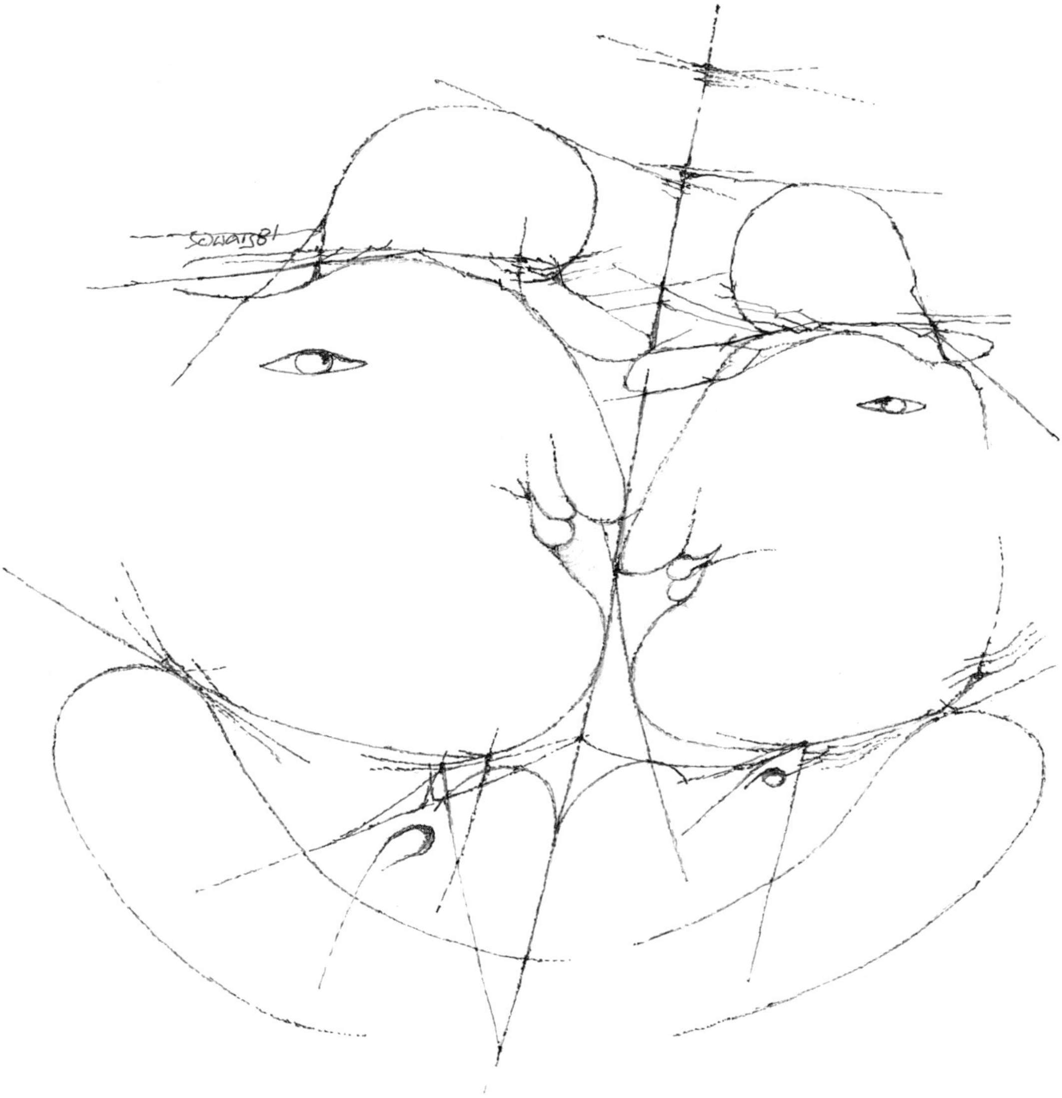

We know how things are with you. Now then, if you were to take Antoine's place ... damn it, what am I saying¿ Come, don't stand there looking at me like that! Look, Auguste, what I'm trying to say is ... well, just this ... we don't want to open old wounds. You understand¿"

Auguste felt the tears rushing to his eyes. He grasped the other's two big hands, held them gently in his own and, without opening his mounth, poured out his thanks.

"Do let me take over tonight," he begged. "I'm yours as long as it's necessary – for a week, a month, six months. It will give me pleasure, that's the truth. You wont's say no, hein¿"

Some hours later Auguste was seated before the mirror, studying his face. It had been his habit, before applying the plaint each night, to sit and stare at himself for long intervals. It was his way of preparing himself for the performance. He would sit looking at his own sad face and then suddenly he would begin erasing this image and impose a new one, one which every one knew and which was accepted everywhere as Auguste. The real Auguste no one knew, not even his friends, for with fame he had become a solitary.

Seated thus, invaded by memories of thousands of other nights before the mirror, Auguste began to realize that this life apart, this life which he had jealously guarded as his own, this secret existence which supposedly preserved his identity, was not a life at all, was nothing

allen Narrheiten, Tändeleien und Bedürfnissen den anderen gleich – und er war glücklich geworden auf diese Weise, seine Tage waren erfüllt. An diesem Abend würde er nun nicht als August erscheinen, nicht als der weltberühmte Clown, sondern als Antoine, von dem niemand wußte. Weil ihm weder Name noch Ruf vorausgingen, nahmen sie Antoine jeden Abend als Selbstverständlichkeit hin. Kein donnernder Applaus begleitete seinen Abgang aus dem Ring der Manege: die Menschen lächelten nachsichtig, und ihre Bewunderung unterschied sich nicht von jener anderen, die sie den überraschenden Kunststücken der Robben entgegenbrachten.

Plötzlich erschütterte Unsicherheit seine Träume. Bisher hatte er dieses heimliche, erfüllte Leben vor der Öffentlichkeit geschützt. Wenn man ihn nun an diesem Abend als August, den Clown August wiedererkannte – welches Unglück! Nie wieder würde er Frieden finden, man würde ihn verfolgen von Stadt zu Stadt, ihn zu Erklärungen zwingen und darauf bestehen, daß er seinen Platz wieder einnehme in der Welt der großen Stars. Unklar fühlte er, daß man ihn sogar des Mordes an August bezichtigen konnte. August war ein Begriff, ein Idol; er gehörte der Welt. Es ließ sich nicht absehen, womit man ihn noch plagen würde …

Man klopfte an die Tür. Einer von der Truppe trat ein, lediglich um nachzusehen, ob alles in Ordnung gehe. Nach einigen beiläufigen Worten erkundigte sich August nach Antoines Befinden.

»Ich hoffe, er fühlt sich besser«, sagte er.

»Nein«, erwiderte der andere ernst. »Sein Zustand verschlimmert

in fact, not even a shadow life. He had only begun to live from the day he had taken up with the troupe, from the moment he had begun to serve in the capacity of the humblest. That secret life had vanished almost without his knowing is; he was a man again like other men, doing all the foolish, trifling, necessary things which others did – and he had been happy thus, his days had been full. Tonight he would appear not as Auguste, the world-celebrated clown, but as Antoine, whom nobody had heard of. Because he had neither name nor fame, Antoine was accepted each night as a matter of course. No wild applause followed his exit from the ring; people simply smiled indulgently, showing no more appreciation of his art than they did of the amazing stunts of the seals.

At this point a disturbing thought suddenly shattered his reverie. Heretofore it was that private, empty life which he had struggled to shield from the public eye. But what if this evening some one should recognize him, recognize the clown Auguste? That would indeed be a calamity! Never again would he have any peace; he would be pursued from town to town, pressed to explain his strange behavior, importuned to resume his proper place in the world of *vedettes*. In some vague way he sensed that they might even accuse him of murdering Auguste. Auguste had become an idol; he belonged to the world. No telling to what lengths they would go to harass him …

sich, scheint's. Niemand weiß genau, was ihm fehlt. Vielleicht sprechen Sie ein Wort mit ihm, bevor Sie auftreten, ja?«

»Aber gewiß!« sagte August. »Ich bin in fünf Minuten fertig.«

Und er verstrich den Rest Schminke in sein Gesicht.

Das Fieber schüttelte Antoine, als August bei ihm eintrat.

Er beugte sich über den Kranken und strich über seine feuchte Hand.

»Armer Alter«, murmelte er, was kann ich für dich tun?«

Antoine hob die Augen und blickte ihn minutenlang mit dem Ausdruck eines Menschen an, der sich selbst im Spiegel sieht.

Langsam begriff August, was in ihm vorging.

»Ich bin's, August«, sagte er sanft.

»Ich weiß«, sagte Antoine. »Du bist's ... aber ich könnte's auch sein. Keiner merkt den Unterschied. Und du bist ein Großer, und ich war irgendwer.«

»Vor wenigen Augenblicken habe ich dasselbe gedacht«, sagte August mit einem aufmerksamen Lächeln. »Merkwürdig – nicht? Ein bißchen Schmiere ins Gesicht, eine Blase, ein Lumpengewand – wie wenig man doch braucht, um nichts aus sich zu machen. Das sind wir alle einmal gewesen – nichts. Und jedermann zur gleichen Zeit. Sie applaudieren nicht uns, sie applaudieren sich selbst. Mein lieber Alter, ich muß gleich gehen, aber laß dir zuerst noch sagen, was ich neulich dazugelernt habe ... Du selbst zu sein, nur du selbst, ist eine große Sache. Aber wie macht man das, wie bringt man das fertig? Das ist der schwerste Trick von allen! Das Schwerste, weil es keinerlei Anstrengung von uns verlangt. Du versuchst weder dies zu sein noch das, weder groß

There was a knock at the door. Some one had popped in just to see if everything was going all right. After a few words Auguste inquired how Antoine was doing.

"Improving, I hope?"

"No," said the other gravely, "he seems to be getting worse. No one knows just what's wrong with him. Perhaps you would say a word to him before you go on, yes?"

"Certainly," said Auguste, "I'll be with you in a few minutes," and he proceeded with his make-up.

Antoine was tossing about feverishly when Auguste entered. Bending over the sick man, Auguste took Antoine's moist hand in his. "Poor fellow," he murmured, "what can I do for you?"

Antoine stared up at him blankly for several long minutes. He was staring with the expression of one looking at himself in a mirror. Auguste slowly understood what was passing through Antoine's mind. "It's me, Auguste," he said softly.

"I know," said Antoine. "It's *you*... but it could also be *me*. Nobody will know the difference. And you are great and I have never been anybody."

"I was thinking that very thing myself just a few moments ago," said Auguste with a wistful smile. "It's droll, what! A little grease paint, a bladder, a funny costume – how little it takes to make oneself into a nobody! That's what we are – *nobodies*. And *everybody* at the same time. It's not

noch klein, nicht tüchtig und nicht ungeschickt ... Kannst du mir folgen? Du tust, was dir gerade einfällt. Aber mit Anstand, bien entendu! Denn nichts ist unwichtig. Nichts! Statt Gelächter und Applaus empfängst du Lächeln. Ein kleines, zufriedenes Lächeln – das ist alles. Aber es ist auch wirklich alles ... mehr als du verlangen kannst. Du verrichtest die Dreckarbeit und nimmst sie den anderen von der Schulter. Das macht sie glücklich, aber dich selbst noch viel mehr. Begreifst du? Aber du mußt es ganz unauffällig tun, du darfst sie nicht wissen lassen, welches Vergnügen es dir bereitet. Wenn man dich einmal ertappt, wenn sie dein Geheimnis durchschauen, bist du verloren. Sie werden dich selbstsüchtig nennen, gleichviel was immer du für sie getan hast. Du kannst tun, was du willst – buchstäblich Selbstmord begehen auf offener Szene, solange sie dich nicht verdächtigen, daß du dich auf ihre Kosten bereicherst, indem sie dir eine Freude bereiten, die du dir selbst nicht geben könntest. Nun gut! Entschuldige mich, Antoine, ich wollte keine lange Rede halten. In irgendeiner Weise bist du's, der mir heute ein Geschenk macht. Heute kann ich August sein, indem ich Antoine spiele. Das ist noch besser, als wirklich Antoine zu sein, compris?«
August hielt inne; mit diesem letzten Gedanken hatte ihn eine große Idee gestreift. Sie eignete sich nicht zur sofortigen Mitteilung an Antoine. Sie umschloß ein Risiko, ein Element der Gefahr. Aber er wollte nicht daran denken, er mußte sich jetzt beeilen, die Sache auszuarbeiten ... diese Nacht noch, möglicherweise. »Hör zu, Antoine«, sagte er fast schroff, während er sich zum

us they applaud, it's themselves. My dear fellow, I must be going in a moment, but first let me tell you a little thing I learned recently... To be yourself, just yourself, is a great thing. And how does one do it, how does one bring it about? Ah, that's the most difficult trick of all. It's difficult just because it involves no effort. You try neither to be one thing nor another, neither great nor small, neither clever nor maladroit ... you follow me? You do whatever comes to hand. You do it with good grace, *bien entendu*. Because nothing is unimportant. Nothing. Instead of laughter and applause you receive smiles. Contented little smiles – that's all. But it's everything... more than one could ask for. You go about doing the dirty work, relieving people of their burdens. It makes them happy, but is makes *you* much happier, do you see? Of course you must do it inconspicuously, so to say. You must never let them know what pleasure it gives you. Once they catch on to you, once they learn your secret, you are lost to them. They will call you selfish, no matter how much you do for them. You can do everything for them – literally kill yourself in harness – so long as they do not suspect that they are enriching you, giving you a joy you could never give yourself... Well, excuse me, Antoine, I didn't mean to make a long speech. Anyway, tonight it is you who are making me a gift. Tonight I can be myself in being you. That is even better than being yourself, *compris*?"

Gehen wandte. »Ich werde dich heute nacht vertreten und vielleicht auch morgen nacht, aber dann ist es besser, wenn du dich selber rührst. Ich bin nicht begierig darauf, wieder Clown zu werden, verstehst du? Morgen früh will ich dich besuchen. Dann werde ich dir mehr sagen – und es wird dich erfrischen!« Er machte eine Pause und räusperte sich.

»Du wolltest immer eine große, feine Nummer sein, nicht war? Erinnere dich! In mir wächst der Gedanke: er ist zu deinem Nutzen. Soviel für heute! Schlaf gut!«

Er pufftte Antoine in die Schulter, als wollte er ihn zur Gesundheit hinstoßen. An der Tür fing er noch den schwachen Schimmer eines Lächelns auf, das über Antoines Gesicht huschte. Er stahl sich auf den Zehenspitzen davon.

Mit langen Schritten strebte er dem Zelt zu und summte ein Lied vor sich hin. Die Idee, die ihm vor wenigen Augenblicken zugefallen war, gewann Gestalt. Kaum daß er seine Nummer erwarten konnte, so sehr verlangte es ihn, mit seinem Plan ans Ziel zu kommen. »Diesen Abend«, sagte er zu sich selbst, als er sich fertig machte, »werde ich eine Vorstellung geben, wie sie noch niemand gesehen hat. Wartet nur, meine Lieben, wartet, bis sich August ins Zeug legt.«

Er steigerte sich in solche Raserei und Ungeduld, daß er wie eine närrische Ziege umhersprang, als er, begleitet vom dünnen Quäken der Violine, in das Scheinwerferlicht taumelte. Sobald er die Sägespäne unter seinen Füßen spürte, wurde sein Spiel reine Improvisation. Nicht einer dieser wilden, sinnlosen Luftsprünge war von ihm vorgesehen, geschweige denn eingeübt worden.

Here Auguste checked himself, for in giving expression to this last thought he had suddenly hit upon a genial idea. It was not one to be imparted to Antoine then and there, however. There was a certain risk involved, an element of danger possibly. But he wouldn't think of that. He must hurry now, work it out as quickly as possible ... this very night perhaps.

"Look, Antoine," he said almost gruffly, making ready to leave, "I will go on tonight, and maybe tomorrow night too, but after that you had better be up and about. I'm not eager to become a clown again, you understand? I'll drop in on you in the morning. There's something more I want to tell you, something that will buck you up!" He paused a moment, cleared his throat. "You always wanted to be a big shot, didn't you? Just remember that! I'm nursing an idea: it's for you to take advantage of. So long now, sleep well!" He patted Antoine roughly, as if to push into well-being. Moving towards the door he caught the faint suggestion of a smile stealing over Antoine's lips.

He closed the door softly and tiptoed out into the darkness.

As he strode towards the big tent, humming to himself, the idea which had seized him a few moments ago began to formulate itself more distinctly. He could scarcely wait for his cue, so keen was he to bring his plan to fruition.

"Tonight," he said to himself, as he stood champing at the bit, "I shall give a performance such as no one has

Er hatte sich selbst von der Tafel gewischt und schrieb darauf den Namen Antoines in unauslöschlichen Lettern. Wenn Antoine nur selbst hier gewesen wäre, um seine Geburt als Weltstar mitzuerleben!

In wenigen Augenblicken vergewisserte sich August, daß er sein Publikum gepackt hatte und in der Hand hielt. Dabei war er noch reichlich steif, noch nicht gelockert.

»Wartet, wartet!« muffelte er zwischen den Zähnen, während er sich von einer Seite auf die andere warf. »Das ist noch gar nichts, das ist nur der Anfang von Antoines Geburt. Er hat eben erst begonnen, die Füßchen zu regen.«

Nach diesem einleitenden Sketch sah er sich von einer Gruppe begeisterter Leute umringt. Unter ihnen war der Boss.

»Sind Sie toll geworden, August?« waren seine ersten Worte.

»Wollen Sie Antoine ruinieren?

»Nur keine Angst!« beruhigte ihn August, und die Freude schoß ihm warm ins Gesicht. »Ihr werdet sehen, ich mache Antoine. Nur Geduld! Ich versichere euch, alles wird gut.«

»Aber es ist schon zu gut, das ist es ja gerade! Nach einer solchen Vorstellung ist Antoine erledigt.«

Den Streit auszutragen, blieb keine Zeit. Die Manege mußte für die Trapezkünstler freigemacht werden. Die Truppe war klein: jeder mußte Hand anlegen.

Vor dem nächsten Auftritt des Clowns gab es langen Applaus, der sich zu Zurufen steigerte, als August seinen Kopf zwischen den Vorhängen zeigte.

»Antoine, Antoine!« schrien sie, stampften mit den Füßen, pfiffen

ever seen. Just wait, my buckos, just wait till Auguste takes over."

He whipped himself into such a frenzy of impatience that when he emerged into the spotlight, accompanied by a few thin squeaks from the violin, he was cavorting like a crazy goat. From the moment his feet touched the sawdust it was sheer improvisation. Not one of these wild, senseless capers had he ever thought of before, much less rehearsed. He had given himself a clean slate and on it he was writing Antoine's name in indelible letters. If only Antoine were there, could witness his own début as a world figure!

In the space of a few minutes Auguste was aware that he held the audience in the palm of his hand. And he had hardly unlimbered, so to speak. "Wait, wait, my lads!" he kept mumbling as he flung himself about, "this is nothing yet. Antoine is only just being born, he hasn't even begun to kick his legs."

The preliminary skit over, he immediately found himself surrounded by an excited group. Among them was the boss. "But you must be mad!" were the latter's first words. "Are you trying to ruin Antoine?"

"Have no fear," said Auguste, flushing with joy. "I am *making* Antoine. Be patient. I assure you all will end well."

"But it's too good already, that's what I'm growling about. After this performance Antoine will be finished."

There was no time for more words. The ring had to be

und klatschten vor Freude in die Hände. »Antoine soll kommen! Wir rufen Antoine!«

Antoine pflegte bei diesem Auftritt eine kleine Solonummer zu zeigen, einen abgedroschenen Sketch, aus dem schon vor Jahren der letzte Hauch schöpferischen Atems entschwunden war.

Abend für Abend hatte August diese Szene mitangesehen und überlegt, wie er an Antoines Stelle die Tricks ändern und ansetzen würde. Nun war der Augenblick gekommen, die Gags auszuspielen, die er so oft bis in den Schlaf hinein spielerisch in Gedanken geübt. Er hatte die starke Empfindung, nun einem Meister zu gleichen, der das Werk eines nachlässigen Schülers vollendet, die letzten Glanzlichter aufsetzt. Vom Gegenstand der Darstellung abgesehen, blieb nichts vom Original erhalten. Man änderte ein Winziges hier, ein Winziges dort, und am Ende stand das neue Werk.

August ging mit dem Eifer eines Irren an die Arbeit. Hier war nichts zu verlieren. Im Gegenteil: alles war zu gewinnen. Jeder Dreh und Kniff bedeutete neues Leben für Antoine. Während er die Nummer Akt für Akt durchfeilte und vollendete, notierte er im Gedächtnis für Antoine die Tricks, mit denen er die Wirkungen hervorbrachte. Jeden seiner Sprünge durchlebte und durchdachte er dreifach: als der Meisterclown August, August als Antoine und Antoine als August. Und über diesen dreien schwebte als Wesen, das sich mit der Zeit als lebendig erweisen sollte, Antoine als Antoine. Ein neugeborener Antoine, gewiß, ein Antoine in excelsis. Je mehr er über diesen Antoine nachdachte (und es war erstaunlich, wie klar er sich selbst in dieser Verwandlung

cleared for the trapeze artists. As the troupe was a small one, every one had to pitch in.

When it came time for the clowns to appear again there was a prolonged burst of applause. Auguste had scarcely shown his head when the audience burst into cheers. "Antoine! Antoine!" they shouted, stamping their feet, whistling, clapping their hands with joy. "Give us Antoine!"

It was at this point in the evening's entertainment that Antoine usually gave a solo performance, a rather worn little act from which the last breath of invention had evaporated years ago. Observing this routine night after night, Auguste had often thought to himself just how he would alter each little turn, were he obliged to do it himself. He now found himself executing the gags which he had so often rehearsed, sometimes in his sleep. He felt very much like a master putting the finishing touches to a portrait which a negligent pupil had abandoned. Except for the subject, there would be nothing left of the original. One began by touching it up here and there, and one ended by creating something wholly new.

Auguste went to it like an inspired maniac. There was nothing to lose. On the contrary, there was everything to gain. Each new twist or wrinkle meant a fresh lease of life, *for Antoine*. As he proceeded to perfect the turn from one phase to the next, Auguste made mental notes to explain to Antoine exactly how to reproduce the effects he was

beobachten konnte), desto mehr Aufmerksamkeit schenkte er den vermutlichen Grenzen und Fähigkeiten des neugeschaffenen Wesens. Es war Antoine, an den er fortwährend dachte, nicht August. August war tot. Er empfand nicht den leisesten Wunsch, diesen August als weltberühmten Clown Antoine wiederauferstehen zu sehen. Sein einziges Bemühen war, Antoine so berühmt zu machen, daß nie wieder die Rede von August sein würde.

Am nächsten Morgen waren die Zeitungen voll des Lobes für Antoine. August hatte, und das verstand sich von selbst, dem Boss noch am selben Abend von seinem Plan Mitteilung gemacht. Es war vereinbart, daß alle Vorkehrungen getroffen wurden, das Geheimnis zu wahren. Da niemand, außer den Mitgliedern der Truppe, von Antoines Krankheit wußte und Antoine selbst die glorreiche Zukunft, die man ihm zu bereiten gedachte, nicht einmal ahnte, waren die Aussichten ermutigend.

August konnte, wie sich denken läßt, den versprochenen Besuch bei Antoine kaum erwarten. Er war entschlossen, ihn nicht sofort mit den Zeitungsberichten zu überfallen, er wollte ihm lediglich zu wissen geben, was er in den wenigen Tagen von Antoines Unpäßlichkeit zu erreichen hoffte. Zuerst mußte Antoine gewonnen werden; dann erst durfte man den Kranken mit dem vollen Ausmaß des Erfolges bekanntmachen. Sonst lief man Gefahr, Antoine mit der fertigen Tatsache einzuschüchtern.

All dies wiederholte sich August, Punkt für Punkt, ehe er den Weg zu Antoines Wohnwagen einschlug. Nicht eine Sekunde lang überlegte er, daß sein Vorschlag die Möglichkeiten Antoines übersteigen könnte. Er bezwang sich und wartete den Mittag

achieving. He was hopping about like three different beings at once: Auguste the master, Auguste as Antoine, and Antoine as Auguste. And above and beyond these there hovered a fourth entity which would crystallize and become more manifest with time: Antoine as Antoine. A new-born Antoine, to be sure, an Antoine *in excelsis*. The more he thought of this Antoine (it was amazing how much speculation he could indulge in while holding forth) the more considerate he was of the limits and susceptibilities of the figure he was recreating. It was Antoine he kept thinking of, not Auguste. Auguste was dead. He had not the slightest desire to see him reincarnated as the world-renowned Antoine. His whole concern was to make Antoine so famous that there would nevermore be mention of Auguste.

Next morning the papers were full of Antoine's praises. Auguste had, of course, explained his project to the boss before retiring that night. It was agreed that every precaution would be taken to keep the plan a secret. Since none but the members of the troupe knew of Antoine's illness, and since Antoine himself was still in ignorance of the glorious future which had been prepared for him, the outlook seemed relatively cheerful.

Auguste, of course, could scarcely wait to pay the promised visit to Antoine. He had decided not to show him the newspapers immediately but to simply let him know what he hoped to accomplish during the few brief

heran, in der Hoffnung, dann Antoine in der rechten Stimmung zu finden. Als er sich auf den Weg machte, war Jubel in ihm. Antoine würde sich überzeugen lassen, daß er eine rechtmäßige Erbschaft antrat.

»Nach allem«, sagte er zu sich selbst, »ist es nur ein kleiner Stoß, den ich ihm gebe. Das Leben ist voller kleiner Schwindeleien, man muß sie sich zunutze machen. Keiner schafft es allein, ohne Hilfe.«

Mit diesem Zuspruch ging er los.

»Es ist weder Betrug noch Diebstahl an Antoine«, folgerte er. »Er hat sich immer gewünscht, berühmt zu sein, jetzt ist *er berühmt! Oder er wird es spätestens in einer Woche. Antoine wird Antoine sein ... und noch mehr. Ein kleiner Zufall zur rechten Zeit ist alles was man braucht, ein kleiner Dreh des Schicksals, ein Anstoß von irgendwo, und die Sache ist gemacht. – Du stolperst ins Scheinwerferlicht. Mit allen vieren zugleich.«*

Er dachte an seinen eigenen schnellen Aufstieg zum Ruhm. Was hatte er, August, damit zu tun? Was man Genieblitz nannte, es war reiner Zufall gewesen. Wie wenig verstand das Publikum! Wieviel begriff es von den Winkelzügen des Schicksals!

Ein Clown ist ein Bauer auf dem Schachbrett des Schicksals. Das Leben in der Arena war ein stummes Schauspiel, eine Pantomime mit Stürzen, Ohrfeigen, Fußtritten – ein endloses Stoßen und Auffangen von Stößen, Treten und Getretenwerden. Und bei dieser schmachvollen und erniedrigenden Rigolade gewann man die Gunst des Publikums. »Der beliebte Clown!« Seine besondere Aufgabe war, die Irrtümer und Sinnlosigkeiten,

days in which Antoine would be incapacitated. He had to win Antoine over before revealing to him the full extent of his accomplishment, otherwise Antoine might be intimidated by a success which he had acquired ready-made. All this Auguste rehearsed step by step before heading for Antoine's quarters. Not once did it occur to him that what he was about to propose was beyond Antoine's power of acceptance.

He held himself back until almost noon, hoping that by that time Antoine would be in the proper mood to receive him. When he set forth he was jubilant. He was certain he could convince Antoine that the heritage he was leaving him was a legitimate one. "After all," he said to himself, "it's just a little push I'm giving him. Life is full of little dodges which we must avail ourselves of. No man gets there alone, unaided." With this off his chest, he almost began to trot. "I'm not cheating or robbing him," he continued. "He always wanted to be famous, now he *is* famous! or he *will* be a week from now. Antoine will be Antoine ... only more so. That's all there is to it. All it needs sometimes is just a little accident, a trick of fortune, a push from the beyond, and there you are – out in the limelight and on all fours."

Here he recalled his own sudden rise to fame. What had he, Auguste, to do with it? What had been a mere accident was acclaimed overnight as a stroke of genius. How little the public understood! How little any

allen Wahnsinn und alle Mißverständnisse, die wie Seuchen die Menschheit quälen, wiederzuerwecken und darzustellen. Die Albernheit selbst, Gestalt geworden in der Manege, das begriff auch der dümmste Einfaltspinsel. Nichts zu verstehen, wo alles klar am Tage liegt, den Trick nicht zu erfassen, wenn er auch tausendmal vorgespielt wird, wie ein Blinder zu tappen, wo die Richtung überall deutlich angezeigt ist, immerfort an der Tür zu rütteln, obwohl mit großen Lettern darauf geschrieben steht: ›Gefahr‹, mit dem Kopf voran in den Spiegel zu laufen, statt ihn zu umgehen, von der falschen Seite in das Gewehr zu schauen – ein geladenes Gewehr –, niemals würde das Publikum aufhören, an diesen Sinnlosigkeiten seinen Gefallen zu finden, denn seit Jahrtausenden täuschten sich die Menschen über den richtigen Weg, endete ihr Suchen und Fragen in derselben Sackgasse. Dem Meister der Albernheit stand die Zeit in ihrer Gänze als Repertoire zur Verfügung. Er streckte die Waffen nur vor dem Antlitz der Ewigkeit …

Mitten in diesen fremdartigen Gedanken stieß er auf Antoines Wohnwagen. Er stutzte, ohne zu wissen warum. Der Boss kam ihm entgegen; er kam offensichtlich geradewegs von Antoines Krankenbett. Sein Erstaunen wuchs, als ihm der Boss mit erhobener Hand bedeutete, er möge stehenbleiben, wo er war. Der Ausdruck seines Gesichts erweckte in August ein Gefühl des Unbehagens, des Alarms. Er verharrte unterwürfig und wartete, daß der andere zu sprechen begänne.

Wenige Schritte vor August hob der Mann beide Arme mit einer Geste der Verzweiflung und Resignation. August brauchte kein

one understood, where fate was concerned. To be a clown was to be fate's pawn. The life in the arena was a dumb show consisting of falls, slaps, kicks – an endless shuffling and booting about. And it was by means of this disgraceful rigolade that one found favor with the public. The beloved clown! It was his special privilege to reenact the errors, the follies, the stupidities, all the misunderstandings which plague human kind. To be ineptitude itself, that was something even the dullest oaf could grasp. Not to understand, when all is clear as daylight; not to catch on, though the trick be repeated a thousand times for you; to grope about like a blind man, when all signs point the right direction; to insist on opening the wrong door, though it is marked *Danger!*; to walk head on into the mirror, instead of going around it; to look through the wrong end of a rifle, a *loaded* rifle! – people never tired of these absurdities because for millennia humans have traversed all the wrong roads, because for millennia all their seeking and questioning have landed them in a *cul-de-sac*. The master of ineptitude has all time as his domain. He surrenders only in the face of eternity...

It was in the midst of such strange preoccupations that he caught sight of Antoine's *roulotte*. It startled him somewhat, though he knew not why, to observe the boss coming towards him, obviously from Antoine's bedside. He was even more startled when the boss raised his hand,

Wort mehr zu hören, um zu wissen, was ihm bevorstand. »Aber wann ist es geschehen?« fragte er, nachdem sie einige Schritte Seite an Seite gegangen waren.
»Vor ein paar Minuten. Ganz plötzlich. In meinen Armen.«
»Ich verstehe nicht«, murmelte August.
»Was war es, das ihn tötete? Er war nicht so schlecht beisammen vergangene Nacht, als ich mit ihm sprach.«
»Das ist es gerade«, sagte der andere.
Etwas in seiner Stimme ließ August zurückzucken.
»Wollen Sie damit sagen ...«
Er brach ab. Es war zu unerhört, er wies den Gedanken von sich. Aber im nächsten Augenblick sprach er schon wieder davon.
»Wollen Sie sagen«, seine Stimme zitterte von neuem, »daß er davon wußte ...?«
»Eben das.«
Wiederum zuckte August zusammen.
»Wenn ich ganz offen meine Meinung sagen soll«, fuhr der Boss in seiner rauhen Art fort, »würde ich sagen, daß er an gebrochenem Herzen gestorben ist.«
Über diesen Worten hielten beide jäh den Schritt an.
»Hören Sie!« sagte der Boss. »Es ist nicht Ihre Schuld. Nehmen Sie sich's nicht so zu Herzen. Ich weiß, wir alle wissen, daß Sie unschuldig sind. Tatsache ist: Antoine wäre nie ein großer Clown geworden. Er hat es schon vor langer Zeit aufgegeben.«
Der Boss murmelte einige unverständliche Worte und seufzte.
»Die Frage ist: Wie werden wir den Leuten diese Vorstellung erklären? Es wird schwerfallen, ihnen die Wahrheit zu verbergen,

motioning him to stop where he was. The expression on the man's face awakened in Auguste a distinct feeling of alarm. He stood where he was, obediently, waiting for the other to open his mouth.

When within a few feet of Auguste, the man suddenly threw up both arms in a gesture of despair and resignation. Auguste had no need to hear a word, he knew then what to expect.

"But when did it happen?" asked Auguste, after they had walked a few yards.

"Only a few minutes ago. Like that, it happened. Right in my arms."

"I don't understand," mumbled Auguste. "What *was* it that could have killed him? He was not so ill as all that last night when I spoke to him."

"Exactly," said the other.

There was something about this "exactly" which made Auguste jump.

"You don't mean ...?" He broke off; it was too fantastic, he refused to harbor the thought. But the next instant he broke out with it just the same. "You don't mean," and here he faltered again, "you don't mean that he heard ...?"

"Precisely."

Again Auguste jumped.

"If I were asked my candid opinion," continued the boss in the same rasping tone, "I would say that he died of a broken heart."

nunmehr, Sie verstehen ... Nicht wahr? Wir haben in keiner Weise mit seinem plötzlichen Tod gerechnet ...«

Eine Pause entstand, dann sagte August leise: »Es wird gut sein, wenn ich eine Weile mit mir selbst allein bleibe, glauben Sie nicht?«

»Recht so!« bekräftigte der Boss. »Bedenken Sie alles in Ruhe. Es ist noch Zeit ...«

Er fügte nicht hinzu wofür.

Traurig und verstört wanderte August fort in der Richtung zur Stadt. Eine lange Weile bildete sich kein einziger Gedanke in seinem Gehirn, nur dumpfe, träge Pein durchdrang alle Glieder seines Körpers. Schließlich fand er einen abgesonderten Platz an der Rampe einer Kaffeehaus-Terrasse, setzte sich und bestellte zu trinken. Nein, mit dieser Möglichkeit hatte er gewiß nicht gerechnet. Das Schicksal hatte noch einmal zugeschlagen. Eines war klar – entweder er mußte wieder August werden oder Antoine. Er konnte nicht länger namenlos bleiben. Er mühte sich, an Antoine zu denken; an jenen Antoine, den er in der vorangegangenen Nacht geschaffen hatte. Würde er fähig sein, ihn wiederzuerwecken an diesem Abend, mit demselben Feuer, derselben Freude an seiner Schöpfung? Jenen anderen Antoine, der kalt und tot im Wagen lag, vergaß er ganz dabei. Ohne sich davon Rechnung abzulegen, war er nicht nur in seine Fußtapfen getreten, sondern hatte selbst seine Schuhe angezogen. Er wiederholte die Szene, zerlegte sie, spaltete sie in Stücke, besserte sie mit einigen Flicken aus, vervollkommnete sie hier und dort ... geriet vom Hundertsten ins Tausendste, von einer

schwarz 85

With this they both halted abruptly.
"Look," said the boss, "it is not your fault. Don't take it too much to heart. I know, we all know, that you are innocent. In any case it's a fact that Antoine would never have made a great clown. Antoine had given up long ago."
He mumbled something under his breath, then continued with a sigh. "The question is, how will we explain last night's performance? It will be hard to conceal the truth now, you agree, do you not? We never counted on his dying suddenly, did we?"
There was an interval of silence, then Auguste said quiently: "I think I would like to be alone for a while, do you mind?"
"Righto!" said the boss. "Think it out by yourself. There is still time ..." He did not add for what.
Distraught, dejected, Auguste wandered off in the direction of the town. He walked for quite a long time with not a thought in his head, just a sort of dull, numb pain permeating his whole body. Finally he took a seat on the edge of a *terrasse* and ordered a drink. No, decidedly he had never reckoned with this eventuality. Another trick of fate. One thing was very clear – either he would have to become Auguste again or Antoine. He could no longer remain anonymous. He fell to thinking of Antoine, of the Antoine whom he had impersonated the night before. Would he be able to go through it again, this evening, with anything like the same verve and gusto?

Wendung zur anderen, von einer Nacht zur anderen, von Stadt zu Stadt. Und dann kam er plötzlich wieder zu sich. Mit einem Ruck setzte er sich auf seinem Sitz gerade zurecht, begann ernstlich mit sich zu reden.

»Du willst also wieder Clown werden, ist es so? Hast davon noch nicht genug gehabt, he? August hast du ausgetilgt, Antoine ermordet ... was weiter? Vor zwei Tagen noch warst du ein glücklicher Mann, ein freier Mann. Nun hängst du in der eigenen Schlinge, ein Mörder obendrein. Und du glaubst allen Ernstes – oder etwa nicht? –, daß du mit deinem schlechten Gewissen die Leute noch zum Lachen bringen wirst? Das geht wohl ein bißchen zu weit!«

August schlug mit der Faust auf die Marmorplatte des Tisches, als wolle er sich selbst von der Ernsthaftigkeit seiner Worte überzeugen.

»Eine große Vorstellung letzte Nacht! Und warum? Weil niemand in dem Mann, der sie groß machte, August vermutet hat. Es war das Talent, das Genie, dem sie applaudierten. Keiner hatte eine Ahnung. Sie sahen die Vollkommenheit. Es war ein voller Triumph. Quod erat demonstrandum!«

Noch einmal fiel er sich selbst in die Zügel wie einem Pferd.

»Quod erat demonstrandum? Was wolltest du sagen? Ach ja ... August war also begierig, Antoines Platz einzunehmen. Keinen Pfifferling kümmerte er sich darum, ob Antoine dabei groß wurde oder nicht. Ja oder nein? Er wollte nur Gewißheit erlangen, daß sein Ruf nicht unbegründet war. Wie ein Fisch schnappte er nach dem Köder.«

He forgot all about Antoine lying cold and dead in the wagon. Without realizing it, he had stepped into Antoine's shoes. He rehearsed the part with exactitude, analyzing it, picking it to pieces, patching it up, improving it here and there ... he went on and on, from one turn to another, one audience to another, night after night, town after town. And then suddenly he came to. Suddenly he sat up in his seat, began talking to himself in earnest. "So you're going to become a clown again, is that it? Haven't had enough yet, eh? You killed off Auguste, you murdered Antoine ... what next? Only two days ago you were a happy man, a free man. Now you're trapped, and a murderer to boot. And you suppose, do you, that with a guilty conscience you can make people laugh? Ah no, that's carrying it a little too far!" Auguste brought his fist down on the marble-topped table, as if to convince himself of the seriousness of his words. "A great performance last night. And why? Because no one suspected that the man who made it great was the famous Auguste. It was talent, genius, they were applauding. Not a soul could have known. Perfect. Full triumph. *And* – Q.E.D." Once again he pulled himself up, like a horse. "How's that – *Q.E.D.?* Ah, so that's it! That's why Auguste was so eager to substitute for Antoine. Auguste never cared a button whether Antoine would become great or not, did he? *Yes* or *No?* Auguste cared only to make certain that the reputation he had created really belonged

Bah! August spuckte vor Abscheu aus. Seine Kehle war vor Erregung ausgedorrt. Er klatschte in die Hände und bestellte ein neues Glas.

»Mein Gott«, nahm er das Selbstgespräch wieder auf, nachdem er seinen Gaumen angefeuchtet hatte, »ist es vorstellbar, daß sich ein Mann selbst solche Schlingen legt! Heute glücklich, morgen bis zum Kragen im Sumpf. Was für ein Narr! Was bin ich für ein Narr!« Einen Augenblick lang vermochte er ganz nüchtern zu denken.

»Gut! Eines versteh ich nun – mein Glück war wirklich, aber ohne Grundlage. Ich muß es wiedergewinnen, aber diesmal auf redliche Art. Und ich muß es mit beiden Händen festhalten wie ein kostbares Kleinod. Ich muß lernen, als August glücklich zu sein, als der Clown, der ich bin.«

Er trank einen Schluck Wein und schüttelte sich dann wie ein nasser Hund.

»Möglicherweise ist dies die letzte Gelegenheit, die sich bietet. Ich steige noch einmal aus dem Nichts empor.«

Über das fing er an, sich einen neuen Namen auszudenken. Dieses Spiel führte ihn weit fort.

»Gewiß«, sagte er und vergaß den Namen schon wieder, den er eben für sich bestimmt hatte, »ich werde eine neue Nummer ausbauen, eine völlig neue Sache. Wenn es mich auch nicht glücklich macht, wird es mich doch frisch erhalten. Vielleicht Südamerika ...«

Sein Entschluß zum Neubeginn war so stark, daß er beinahe im Galopp zum Rummelplatz zurückkehrte.

to him. Auguste jumped to the bait like a fish. Bah!" He spat out a bit of saliva disgustedly.
His throat had become so parched from excitement that he clapped his hands and ordered another drink.
"My God," he resumed, after he had wet his palate, "to think that a man can lay such traps for himself! Happy one day, miserable the next. What a fool! What a fool I am!" Here he reflected a moment very soberly. "Well, there's one thing I understand now – my happiness was real but unfounded. I have to recapture it, but honestly this time. I have to hold on to it with two hands, as though it were a precious jewel. I must learn to be happy as Auguste, as the clown that I am."
He took another sip of wine, then shook himself like a dog. "Maybe this is my last chance, I shall start from the bottom once more." With this he fell to speculating on a new name for himself. This game took him far afield.
"Yes," he resumed, having forgotten already the name he had decided on, "I'll work out something new, something totally new. If it doesn't make me happy it will at least keep me on the alert. Perhaps South America ..."
The resolution to begin afresh was so strong that he almost galloped back to the fair grounds. He went at once in search of the boss.
"It's decided," he said breathlessly, "I'm leaving right now. I'm going away, far away, where nobody will possibly know me. I'm going to begin all over again."

Sofort begab er sich auf die Suche nach dem Boss.
»Es ist beschlossen«, rief er atemlos. »Ich gehe fort, weit fort, dorthin, wo mich niemand kennt. Ich werde noch einmal ganz von vorne beginnen.«
»Aber warum?« schrie der dicke Mann.
»Warum wollen Sie von vorne beginnen, wenn Sie's hier schon zu großem Ansehen gebracht haben?«
»Sie werden es nicht verstehen, aber ich will es Ihnen trotzdem sagen. Weil ich glücklich sein möchte diesmal.«
»Glücklich? *Ich verstehe nichts. Warum glücklich?«*
»Weil es gewöhnlich für einen Clown das Glück ist, ein anderer zu sein als er selbst.«
»Ich verstehe kein Wort … Hören Sie zu, August …«
»Einen Augenblick«, bat August händeringend. »Was macht die Leute lachen und schreien, wenn sie uns sehen?«
»Lieber alter Junge! Was hat das alles miteinander zu tun? Das sind Haarspaltereien. Laß uns vernünftig reden. Kehren wir auf den Boden der Wirklichkeit zurück.«
»Aber das zu tun, bin ich eben dabei«, erklärte August feierlich.
»Wirklichkeit! Das ist das rechte Wort dafür. Nun weiß ich, wer ich bin, was ich bin und was ich tun muß. Das ist die Wirklichkeit. *Was Sie Wirklichkeit nennen, ist Sägemehl, es bröckelt weg, schlüpft durch die Finger.«*
»Mein lieber August«, begann der Boss wieder, als spreche er zu einem Verlorenen, »Sie haben zuviel nachgedacht. Keine voreiligen Entscheidungen. Kommen Sie …«
»Nein«, sagte August fest. »Ich brauche keinen Trost, keinen

"But why¿" exclaimed the big one. "Why do you have to start afresh when you've already established a great reputation¿"
"You won't understand but I'll tell you just the same. *Because I want to be happy this time."*
"*Happy*¿ I don't understand. Why happy¿"
"Because usually a clown is happy only when he is somebody else. I don't want to be anybody but myself."
"Don't understand a word of it ... Listen, Auguste ..."
"Look," said Auguste, wringing his hands, "what makes people laugh and cry when they watch us¿"
"My dear fellow, what has all that to do with it¿ Those are academic questions. Let's talk sense. Let's get down to reality."
"That's what I've just discovered," said Auguste gravely. "*Reality*! that's the very word for it. Now I know who I am, what I am, and what I must do. *That's reality.* What you call reality is sawdust; it crumbles away, slips through the fingers."
"My dear Auguste," the other began, as if pleading with a lost one, "you've been thinking too much. If I were you I'd go back to town and have a good snort. Don't try to make a decision now. Come ..."
"No," said Auguste firmly, "I want no consolation, nor advice. My mind is made up." And he held out his hand in parting.
"As you like," said the big fellow, humping his shoulders.

Ratschlag. Mein Entschluß ist gefaßt.« Er hob die Hand zum Abschied.

»Wie Sie glauben«, sagte der Boss und zuckte die Schultern. »Also – leben Sie wohl! So meinten Sie's doch?«

Noch einmal machte er sich auf den Weg in die Welt, entschlossen, diesmal ganz in ihr aufzugehen. Als er sich der Stadt näherte, fiel ihm ein, daß er nur wenige Sous in der Tasche hatte. In wenigen Stunden würde er hungern, die Kälte würde kommen, und er würde sich wie die Tiere des Feldes zusammenrollen und liegen und die ersten Sonnenstrahlen erwarten. Warum hatte er sich entschlossen, Straße für Straße bis zu ihrem Ende zu trampen? Er wußte es nicht. Hätte er nicht ebensogut seine Kräfte sparen können?

»Und wenn ich eines Tages wirklich nach Südamerika aufbreche?« Er hatte wieder laut mit sich selbst zu sprechen begonnen. »Es kann Jahre dauern. Und welche Sprache soll ich dort sprechen? Und warum sollten sie mich nehmen, mich, einen Fremden und Unbekannten? Wer weiß, ob sie überhaupt einen Zirkus haben da unten? Und wenn, werden sie ihre eigenen Clowns haben – in ihrer Sprache.« In einem kleinen Park angekommen, setzte er sich auf eine Bank.

»Das muß noch genauer bedacht werden«, warnte er sich selbst. »Man geht nicht so einfach nach Südamerika. Ich bin kein Albatros, bei Gott! Ich bin August, ein Mann mit zarten Füßen und einem Magen, der gefüllt sein möchte.«

Eine nach der anderen begann er die menschlichen Eigentümlichkeiten aufzuzählen, die ihn, August, von den Vögeln der Luft

"So it's good-bye, is it?"

"Yes," said Auguste, "it's good-bye … forever."

Once again he started out into the world, into its very bowels this time. Approaching the town, it came over him that he had not more than a few sous in his pocket. In a few hours he would be hungry. Then it would grow cold and then, like the beasts in the field, he would fold up and lie waiting for the first rays of the sun. Why he had chosen to walk through the town, pursuing every street to the end, he knew not. He might just as well have conserved his strength.

"And if I do get to South America one day…?" (He had begun talking aloud to himself.) "It may take years. And what language will I speak? And why will they take me, a stranger and unknown? Who knows if they even have a circus in such places. If they do, they will have their own clowns and their own language."

Coming to a little park, he flung himself on a bench. "This has to be thought out more carefully," he cautioned himself. "One doesn't rush off to South America just like that. I'm not an albatross, by God! I'm Auguste, a man with tender feet and a stomach that needs to be filled." One by one he began to specify all the very human attributes which distinguished him, Auguste, from the birds of the air and the creatures of the deep. His ruminations finally tailed off in a prolonged condideration of those two qualities, or faculties, which most

und den Tieren des Abgrunds sonderten. Dieses Nachsinnen endete schließlich in einer langen Betrachtung über jene beiden Eigentümlichkeiten, die am deutlichsten die Welt des Menschen vom Bereich des Tierischen scheiden – Lachen und Weinen. Seltsam, dachte er bei sich selbst, daß er, der doch in diesem Gebiet beheimatet war, darüber Spekulationen anstellte wie ein Schulbub.

»Aber ich bin kein Albatros!« Dieser Gedanke – zugegeben, nicht gerade der glänzendsten einer – kam immer wieder, während er die Fragen nach vorwärts und rückwärts wälzte. Aber wenn sie auch weder originell noch glänzend war, so war sie doch bequem und beruhigend, diese Idee, daß er sich auch während des ärgsten Saltos seiner Einbildungskraft nie für einen Albatros halten würde.

Südamerika – was für ein Unsinn! Fraglich war nicht die Richtung, in die er aufbrechen und wie er dorthin gelangen sollte, fraglich war... Er versuchte, es sich selbst in sehr, sehr einfachen Worten zu erklären. War es nicht vielleicht so, daß er sich sehr wohl befand, so wie er war... ohne sich zu verkleinern, ohne sich zu vergrößern? Er hatte seine eigenen Grenzen überschritten, das war sein Irrtum gewesen. Das Lachen der Menschen genügte ihm nicht, er wollte ihnen die die Freude schenken. Freude ist eine Gabe Gottes. Hatte er dies nicht erkannt in der Zeit seines Verzichts – als er annahm, was ihm geboten wurde?

August fühlte, daß er mit seinen Überlegungen ins Ungewisse geriet. Seine wahre Tragödie, merkte er nun, lag darin, daß er

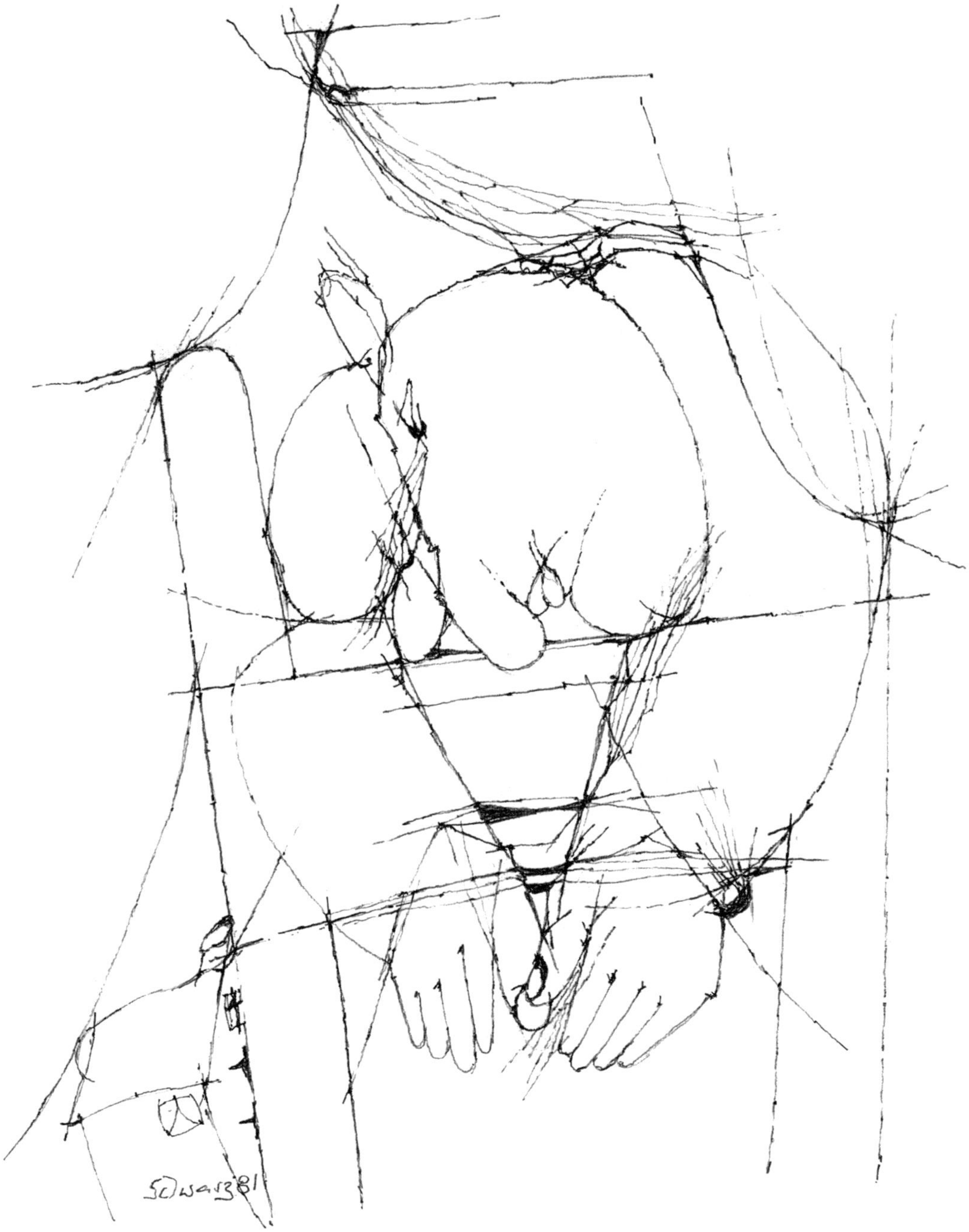
Schwarz 81

markedly separate the world of humans from the animal kingdom – laughter and tears. Queer, he thought to himself, that he who was at home in this realm should be speculating on the subject like a schoolboy. *"But I'm not an albatross!"* This thought, certainly not a brilliant one, kept repeating itself as he revolved his dilemma backwards and forwards. If not original or brilliant, it was nevertheless very comforting, very reassuring to Auguste, this idea that not by any possible stretch of the imagination could he regard himself as an albatross.

South America – what nonsense! The problem was not where to go or how to get there, the problem was … He tried to put it to himself very very simply. Wasn't it just this, that perhaps he was all right just as he was – without diminishing or augmenting himself? The mistake he had made was to go beyond his proper bounds. He had not been content to make people laugh, he had tried to make them joyous. Joy is God-given. Had he not discovered this in abandoning himself – by doing whatever came to hand, as he once put ist? Auguste felt that he was getting somewhere. His real tragedy, he began to perceive, lay in the fact that he was unable to communicate his knowledge of the existence of another world, a world beyond ignorance and frailty, beyond laughter and tears. It was this barrier which kept him a clown, God's very own clown, for truly there

unfähig war, seine Kenntnisse einer anderen Welt, einer Welt jenseits von Unwissenheit und Vergänglichkeit, jenseits von Lachen und Weinen, den anderen mitzuteilen. Diese Grenze war es, die den Clown aus ihm machte – Gottes eigen Clown, denn auf Erden war niemand, dem er diesen Zwiespalt begreiflich machen konnte.

Und in diesem Augenblick überkam es ihn plötzlich – ganz einfach ging das alles! –, daß niemand zu sein oder jemand oder jedermann zu sein, ihn keineswegs daran hinderte, er selbst zu sein ...

Wenn er schon ein Clown war, dann ganz und gar, durch und durch, von Grund auf – vom morgendlichen Erwachen bis zum Zurücksinken in den Schlaf. Clown zu jeder Zeit, für Lohn oder aus reiner Freunde am Dasein. So sehr, so unwandelbar war er von der Weisheit dieses Gedankens überzeugt, daß es ihn gelüstete, ohne Verzug zu beginnen – ohne Schminke, ohne Kostüm, ja selbst ohne die Begleitung jener alten, quäkenden Violine. So ausschließlich würde er August sein, daß nichts übrigblieb als die Wahrheit, die nun in ihm wie Feuer brannte.

Einmal noch schloß er die Augen, um hinabzusteigen in die Dunkelheiten. Lange blieb er so, ruhig und friedevoll ging der Atem durch seine Brust, durch die Lagerstatt seiner Seele. Als er die Augen wieder öffnete, sah er eine Welt, von der alle Schleier abgefallen waren. Es war die Welt, die er immer in seinem Herzen getragen hatte, immer bereit, Gestalt zu werden, die aber erst zu leben beginnen konnte, wenn man sich mit ihr

was no one to whom he could make clear his dilemma. And then and there it came to him – how simple it was! – that to be nobody or anybody or everybody did not prevent him from being himself. If he were really a clown, then he should be one through and through, from the time he got up in the morning until he closed his eyes. He should be a clown in season and out, for hire or for the sheer sake of being. So unalterably convinced was he of the wisdom of this that he hungered to begin at once – without make-up, without costume, without even the accompaniment of that squeaky old violin. He would be so absolutely himself that only the truth, which now burned in him like a fire, would be recognizable.

Once again he closed his eyes, to descend into darkness. He remained thus a long time, breathing quietly and peacefully on the bed of his own being. When he finally opened his eyes he beheld a world from which the veil had been removed. It was the world which had always existed in his heart, ever ready to manifest itself, but which only begins to beat the moment one beats in unison with it.

Auguste was so utterly moved that he could not believe his eyes. He rubbed the back of his hand across them, only to discover that they were still wet with the tears of joy which he had shed unknowingly. Bolt upright he sat, with eyes staring straight ahead, struggling to accustom

vereinigte, wenn ihr Puls gleich wurde dem Schlagen des eigenen Herzens. August war so gerührt, daß er seinen Augen nicht traute. Er rieb sie mit dem Handrücken, nur um sich zu überzeugen, daß sie noch feucht waren von den Tränen der reinen Freude, die er vergossen hatte, ohne es zu wissen. Kerzengerade saß er auf der Bank und seine Augen starrten in die Ferne. Sie mußten erst an das Licht der Vision gewöhnt werden. Aus der Tiefe seiner Seele stiegen, unablässiges Gemurmel, Worte des Dankes. Er stand auf, gerade als die Sonne seine Bank mit einer letzten rötlichen Flut von Gold überschwemmte. Eine Woge von Kraft und Sehnsucht schwoll in seinen Adern.
Wie ein Neugeborener wagte er einige Schritte in das unbeschreibbare Licht. Ein Vogel, der zum erstenmal seine Flügel spannt, so breitete er seine Arme aus zu einer allumfassenden Umarmung.
Nun schwand die Erde hin in jenes tiefe Violett, das die Dämmerung verkündet. August taumelte vor Entzücken. »Endlich! Endlich!« jubelte er, aber in Wirklichkeit war dieser Jubel nur ein schwacher Widerhall der unermeßlichen Freude, die ihn bewegte.
Ein Mann kam auf ihn zu. Ein Mann in Uniform, mit einem Knüppel bewaffnet. August erschien er als Engel der Erlösung. Er lief ihm entgegen, um sich in die Arme des Erlösers zu retten, da fiel eine Wolke von Dunkelheit über ihn mit der Härte eines Hammerschlags. Lautlos stürzte er dem Wachmann zu Füßen. Zwei Fußgänger, die den Vorfall mitangesehen hatten, eilten herbei. Sie knieten nieder und wälzten August auf den Rücken.

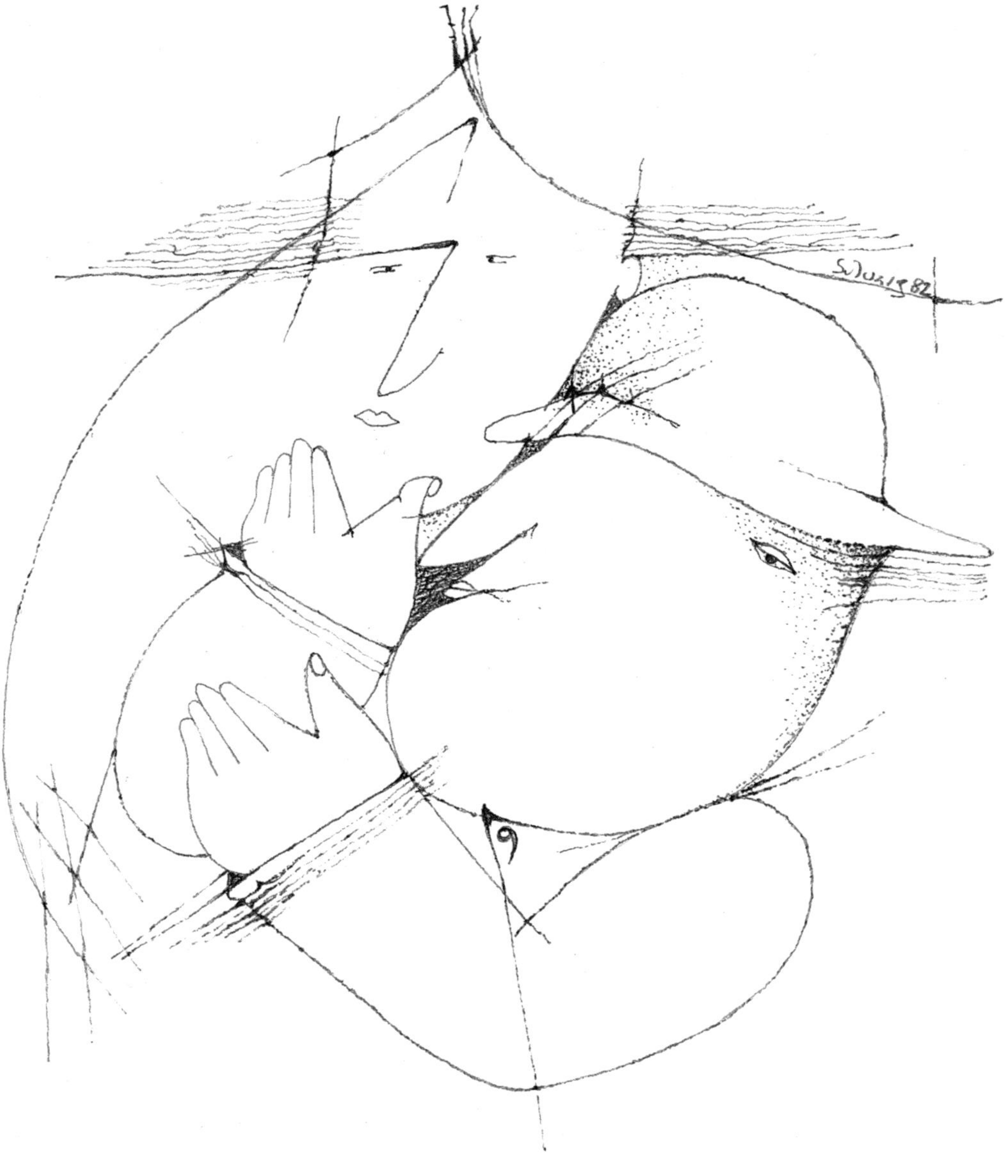

sight to vision. From the depths of his being there issued an incessant murmur of thanks.

He rose from the bench just as the sun was suffusing the earth with a last flush of gold. Strength and longing surged through his veins. New-born, he took a few steps forward into the magical world of light. Instinctively, just as a bird takes wing, he threw out his arms in an allencompassing embrace.

The earth was swooning now in that deep violet which ushers in the twilight. Auguste reeled in ecstasy. "At last, at last!" he shouted, or thought he shouted, for in reality his cry was but a faint reverberation of the immense joy which rocked him.

A man was coming towards him. A man in uniform and armed with a club. To Auguste he appeared as the angel of deliverance. Auguste was about to throw himself into the arms of his deliverer when a cloud of darkness felled him like a hammer blow. He crumpled at the officer's feet without a sound.

Two bystanders who had witnessed the scene came running up. They knelt down and turned Auguste over on his back. To their amazement he was smiling. It was a broad, seraphic smile from which the blood bubbled and trickled. The eyes were wide open, gazing with a candor unbelievable at the thin sliver of a moon which had just become visible in the heavens.

Zu ihrem Staunen lächelte er. Es war ein breites, seraphisches Lächeln, aus dem Blut sprudelte und rieselte. Seine Augen waren weit offen und starrten mit untrübbarer Unschuld auf die dünne Schale des Mondes, die gerade jetzt am Himmel sichtbar wurde.

Schwarz 81

Epilog

Von allen Erzählungen, die ich jemals geschrieben habe, ist dies die eigenartigste. Ich habe sie eigens für Fernand Léger und seinen Zyklus von Zirkus- und Clownsbildern verfaßt. Nachdem ich diese Einladung angenommen hatte, vergingen Monate, bevor ich den ersten Satz zu Papier brachte. Obwohl mir völlige Freiheit belassen wurde, fühlte ich mich gehemmt. Ich hatte nie zuvor eine Erzählung im Auftrag geschrieben. Meine Gedanken kreisten wie besessen um die Namen: Rouault, Miró, Chagall, Max Jacob, Seurat. Fast hätte ich lieber die Illustrationen gemacht als den Text. Ich hatte schon früher einige Clownsbilder gemalt, eines davon hieß Cirque Médrano. *Einer dieser Clowns zeigte starke Ähnlichkeit mit Chagall, wurde mir berichtet – ich habe Chagall persönlich niemals getroffen, noch eine Fotografie von ihm gesehen.*
Während der Bemühungen um den Beginn fiel mir ein kleines Buch von Wallace Fowlie in die Hand, das einen scharfgeschliffenen Essay über die Clownsbilder von Rouault enthält. Ich vertiefte mich in Rouaults Leben und Werk, das mich stark beeinflußt hat, und sah mich selbst als den Clown, der ich bin, der ich immer war. Ich dachte an meine Leidenschaft für den Zirkus, besonders für den Cirque Intime, *und wie alle diese Erfahrungen als Zuschauer und stummer Teilnehmer am Spiel tief in meinem Bewußtsein begraben liegen mußten. Ich erinnerte mich, wie ich bei meiner Schulentlassung auf die Frage, was ich werden wollte, geantwortet hatte – »ein Clown«. Ich rief mir ins*

Epilogue

Of all the stories I've written this is perhaps the most singular. It was expressly written for Fernand Léger, to accompany a series of forty illustrations on clowns and circuses.

It took me months, after I had accepted Léger's invitation to do the text, to even begin. Though I was given complete liberty, I felt inhibited. Never before had I written a story to order, as it were.

Almost obsessively my mind kept revolving about these names: Rouault, Miró, Chagall, Max Jacob, Seurat.

I almost wished I had been asked to do the illustrations instead of the text. In the past I had made a few water colors of clowns, one of them called "Cirque Médrano." At least one of these clowns resembles strongly Marc Chagall, I am told, though I have never met Chagall nor had I even seen a photograph of him.

While struggling to get started, there fell into my hands a little book by Wallace Fowlie in which there is a poignant essay on the clowns of Rouault. Meditating on Rouault's life and work, which influenced me strongly, I got to thinking of the clown which I am, which I have always been. I thought of my passion for the circus, especially the *cirque intime*, and how all these experiences as spectator and silent participator must lie buried deep in my consciousness. I remembered how, when I was

Gedächtnis, wie viele meiner alten Freunde in ihrem Benehmen wie Clowns waren – und es waren jene, die ich am meisten liebte. Und dann entdeckte ich zu meiner Überraschung, daß meine engsten Freunde mich selbst als Clown sahen.
Und plötzlich erkannte ich, was für einen gewaltigen Eindruck der Titel von Wallace Fowlies Buch (des ersten, das ich von ihm gelesen) auf mich gemacht hatte. Es hieß: Clowns and Angels.
Bei Balzac, in Louis Lambert, *hatte ich von Engeln gelesen, und in den zahlreichen Abwandlungen des Themas durch Fowlie gewann ich neue Einsichten in die Rolle des Clowns. Clowns und Engel stehen zueinander in gottgewollter Entsprechung.*
Hatte ich im übrigen nicht selbst in meinen Büchern von August Angst und Guy le Crèvecœur erzählt? Wer waren sie, diese beiden verängstigten, betrogenen, verzweifelten Seelen, wenn nicht ich selbst?
Und außerdem ... das erfolgreichste Bild, das ich jemals malte, war der Kopf eines Clowns, dem ich zwei Münder gab, einen für die Freude und einen für das Leid. Der Mund der Freude war scharlachrot – es war ein singender Mund. (Dabei fällt mir auf: ich habe seither nie wieder gesungen.)
Mittlerweile erhielt ich einige Skizzen von Léger. Eine davon zeigte den Kopf eines Pferdes. Ich legte sie in ein Schubfach, vergaß sie und begann zu schreiben. Erst als ich die Erzählung beendet hatte, merkte ich, woher ich das Pferd genommen hatte. Die Leiter, versteht sich, stammt von Miró, ebenso wahrscheinlich der Mond. (»Hund, der den Mond anbellt«, hieß das erste Bild, das ich von Miró sah.)

graduating from High School, they had asked me what I intended to be and I had said – "a clown!" I recalled how many of my old friends were like clowns in their behavior – and they were the ones I loved most. And later on I discovered to my surprise that my most intimate friends looked upon *me* as a clown.

And then suddenly I realized what an impact the title of Wallace Fowlie's book (the first of his I read) had made upon me: *Clowns and Angels.* Balzac had spoken to me of the angels (in *Louis Lambert*) and, through Fowlie's numerous divagations on the clown, I had gained new insight into the role of the clown. Clowns and angels are so divinely suited to one another.

Moreover, had I not myself written somewhere about August Angst and Guy le Crêvecœur? Who were they, these two anguished, frustrated, desperate souls, if not myself?

And then another thing ... the most successful painting I ever did was the head of a clown to whom I had given two mouths, one for joy and one for sorrow. The joyous mouth was in high vermilion – it was a singing mouth. (Recalling this, I realized that I no longer sang!)

Between times I received a few *maquettes* from Léger. One of them featured the head of a horse. I put these away in a drawer, forgot about them, and began to write. I never realized until I had finished the story where I got the horse. The ladder, of course, was a gift from Miró,

Ich ging dann von mir selbst aus, in der festen Überzeugung, daß ich alles Wissenswerte über die Clowns und den Zirkus in mir trug. Ich schrieb Zeile für Zeile und schritt wie ein Blinder fort, ohne vorauszuahnen, was in der nächsten stehen würde. Ich hatte mich selbst – die Leiter und das Pferd, die ich unbewußt gestohlen hatte. Gesellschaft leisteten mir die Dichter und Maler, die ich bewunderte – Rouault, Miró, Chagall, Max Jacob, Seurat. Seltsamerweise sind alle Künstler Dichter und Maler zugleich. Mit jedem von ihnen war ich zutiefst verbunden.
Der Clown ist ein handelnder Dichter. Er ist selbst die Geschichte, die er spielt. Es ist immer die gleiche Geschichte – Verehrung, Aufopferung, Kreuzigung. A Rósy Crucifixion, *meine ich.*
Der einzige Teil der Erzählung, der mir Schwierigkeiten bereitete, waren die letzten Zeilen, die ich verschiedene Male neu schrieb. »Es gibt ein Licht, das tötet«, sagt meines Wissens Balzac irgendwo. Ich wünschte mir, daß mein Held August vergehen möge, wie ein Licht sich von uns fortbewegt. Aber nicht in den Tod! Sein Abgang sollte wie ein Licht den Weg erhellen. Ich sah ihn nicht als Ende, vielmehr als Beginn. Wenn August sich selber findet, beginnt das Leben – und nicht nur für August, sondern für die ganze Menschheit.
Möge niemand glauben, daß ich mir diese Geschichte ausgedacht hätte! Ich habe sie lediglich erzählt, wie ich sie in mir fühlte, Stück für Stück, wie sie sich mir selbst offenbarte. Zweifellos ist es die seltsamste Geschichte meines Lebens. Sie ist kein surrealistisches Dokument, dies ganz gewiß nicht. Der Prozeß des Schreibens mag ein surrealistischer gewesen sein,

and the moon too, most likely. (*Dog Barking at the Moon* was the first Miró I ever saw.)

I began then with myself, with the firm conviction that I had in me all there was to know about clowns and circuses. I wrote from line to line, blindly, not knowing what would come next. I had myself; the ladder and the horse I had unconsciously filched. Keeping me company were the poets and painters I adored – Rouault, Miró, Chagall, Max Jacob, Seurat. Curiously, all these artists are poet and painter both. With each one of them I had deep associations.

A clown is a poet in action. He *is* the story which he enacts. It is the same story over and over – adoration, devotion, crucifixion. "A Rosy Cruxifixion," *bien entendu.*

The only part of my narrative which gave me difficulty were the last few pages, which I rewrote several times. "There is a light which kills," I believe Balzac said somewhere. I wanted my protagonist, Auguste, to go out like a light. But not in death! I wanted his death to illumine the way. I saw it not as an end but as a beginning. When Auguste becomes himself life begins – and not just for Auguste but for all mankind.

Let no one think that I thought the story out! I have told it only as I felt ist, only as it revealed itself to me piece by piece. It is mine and it is not mine. Undoubtedly it is the strangest story I have yet written. It is not a Surrealistic

aber das besagt nur, daß die Surrealisten die wahre schöpferische Methode des Erzählens wiederentdeckt haben. Nein, viel mehr als andere Geschichten, die ich auf Tatsachen und Erfahrung gegründet habe, ist diese eine wahre Geschichte. Mein einziges Ziel beim Schreiben war, die Wahrheit zu sagen, so wie ich sie kannte. Vordem waren alle meine Gestalten wirklich gewesen, aus dem Leben genommen, meinem eigenen Leben. August ist einzigartig unter ihnen: er fiel mir vom Himmel zu. Aber was sind diese Himmel, die uns umgeben und einschließen, wenn nicht die Wirklichkeit selbst? Wahrhaftig, wir erfinden nichts. Wir borgen aus dem Überfluß und schaffen ihn nach. Wir enthüllen und entdecken. Alles ward uns gegeben, wie die Mystiker sagen. Wir brauchen nur die Augen und die Herzen zu öffnen, um eins zu werden mit dem Seienden.

Der Clown zieht mich besonders deswegen an (es war mir nicht immer bewußt), weil er von der Welt durch Gelächter getrennt ist. Dieses sein Gelächter hat nichts Homerisches an sich. Es ist ein stilles Lachen, das wir freudeleer nennen. Der Clown lehrt uns, wie wir über uns selbst lachen sollen. Und dieses unser Lachen wird aus Tränen geboren.

Freude ist wie ein Strom: sie fließt ohne Unterlaß. Das ist nach meinem Glauben die Botschaft, die der Clown uns zu überbringen versucht, daß wir teilhaben sollen am unaufhörlichen Fluß, der endlosen Bewegtheit, daß wir nicht anhalten sollen, um nachzudenken, zu vergleichen, zu zergliedern, zu besitzen, sondern fließen immerfort, ohne Ende wie Musik. Das ist der Gewinn im Verzicht, und der Clown schafft das Sinnbild dafür.

document, not the least. The process of writing it may have been Surrealistic, but that is only to say that the Surrealists recaptured the true method of creation. No, more even than all the stories which I based on fact and experience is this one truth. My whole aim in writing has been to tell the truth, as I know it. Heretofore all my characters have been real, taken from life, my own life. Auguste is unique in that he came from the blue. But what is this blue which surrounds and envelopes us if not reality itself? We invent nothing, truly. We borrow and recreate. We uncover and discover. All has been given, as the mystics say. We have only to open our eyes and hearts, to become one with that which is.

The clown appeals to me deeply, though I did not always know it, precisely because he is separated from the world by laughter. His is never a Homeric laughter. It is a silent, what we call a mirthless, laughter. The clown teaches us to laugh at ourselves. And this laughter of ours is born of tears.

Joy is like a river: it flows ceaselessly. It seems to me that this is the message which the clown is trying to convey to us, that we should participate through ceaseless flow and movement, that we should not stop to reflect, compare, analyze, possess, but flow on and through, endlessly, like music. This is the gift of surrender, and the clown makes is symbolically. It is for us to make it real. At no time in the history of man has the world been

An uns ist es, das Symbol in Wirklichkeit zu wandeln.
Zu keiner Zeit der menschlichen Geschichte war die Welt so voller Leiden und Angst. Hie und da treffen wir jedoch Menschen, die unberührt und unbefleckt blieben vom allgemeinen Elend. Es sind keine herzlosen Geschöpfe, weit davon entfernt! Sie haben die Freiheit gewonnen. Die Welt erscheint ihnen anders als uns. Sie sehen mit anderen Augen. Wir sagen von ihnen, daß sie der Welt gestorben sind. Sie erleben den Augenblick in seiner vollen Größe, sie strahlen, und dieses Strahlen rund um sie ist ein immerwährendes Lied der Freude.
Der Zirkus öffnet eine winzige Lücke in der Arena der Vergessenheit. Für eine kurze Spanne dürfen wir uns verlieren, uns auflösen in Wunder und Seligkeit, vom Geheimnis verwandelt. Wir tauchen wieder empor zur Verwirrung, betrübt und entsetzt vom Alltagsanblick der Welt. Aber diese alltägliche Welt, die wir allzugut zu kennen meinen, es ist dieselbe, die einzige Welt, eine Welt von Magie, voll unausschöpflichen Zaubers. Wie der Clown führen wir unsere Bewegungen aus, täuschen wir vor, bemühen wir uns, das große Ereignis hinauszuschieben. Wir sterben in den Wehen unserer Geburt. Wir sind niemals gewesen, wir sind auch jetzt nicht. Wir sind immerzu im Werden, immerzu einsam und losgelöst. Für immer außen.
Das ist das Bild von August Angst, alias Guy le Crèvecœur – oder das alltägliche Gesicht der Welt mit zwei Mündern. August ist von anderer Art. Vielleicht habe ich sein Porträt nicht klar genug gezeichnet. Aber er lebt, und sei es aus dem einzigen Grunde, weil ich ihn geschaffen habe. Er kam vom Himmel und

so full of pain and anguish. Here and there, however, we meet with individuals who are untouched, unsullied, by the common grief. They are not heartless individuals, far from it! They are emancipated beings. For them the world is not what it seems to us. They see with other eyes. We say of them that they have died to the world. They live in the moment, fully, and the radiance which emanates from them is a perpetual song of joy.

The circus is a tiny closed off arena of forgetfulness.

For a space it enables us to lose ourselves, to dissolve in wonder and bliss, to be transported by mystery. We come out of it in a daze, saddened and horrified by the everyday face of the world. But the old everyday world, the world with which we imagine ourselves to be only too familiar, is the only world, and it is a world of magic, of magic inexhaustible. Like the clown, we go through the motions, forever simulating, forever postponing the grand event. We die struggling to get born. We never were, never are. We are always in process of becoming, always separate and detached. Forever outside.

This is the picture of August Angst, alias Guy le Crêvecœur – or the everyday face of the world, with two mouths. Auguste is of another breed. Perhaps I have not limned his portrait too clearly. But he exists, if only for the reason that I imagined him to be. He came from the blue and he returns to the blue. He has not perished, he is not lost. Neither will he be forgotten. Only the other

kehrt dorthin zurück. Er ist nicht untergegangen, er ist nicht verloren. Noch wird er vergessen sein. Vor wenigen Tagen sprach ich mit einem Maler, den ich kenne, von den Gestaltungen, die uns Seurat hinterlassen hat. Ich sagte, daß sie dort wurzeln, wo er sie geschaffen hat – für die Ewigkeit. Wie dankbar ich bin, daß ich mit ihnen leben durfte – in der Grande Jatte, im Médrano und anderswo im Geiste. Nichts an ihnen ist trügerisch. Ihre Realität ist unaustilgbar. Sie leben im Licht ihrer Sonne, in einer Harmonie von Form und Rhythmus, die reine Melodie ist. Und dies gilt für die Clowns von Rouault, die Engel von Chagall, die Leiter und den Mond von Miró, für seine ganze Menagerie. Und es gilt für Max Jacob, der nie aufhörte, ein Clown zu sein, nicht einmal, als er Gott gefunden hatte. Im Wort, im Bild, in der Tat haben alle diese gesegneten Seelen, die mich auf meinem Wege begleiteten, für die unvergängliche Wirklichkeit ihrer Vision gezeugt. Ihre tägliche Welt wird eines Tages die unsere sein. Sie ist es schon heute, nur unsere Herzen sind noch zu schwach, sie in Besitz zu nehmen.

Henry Miller
Big Sur, Kalifornien
Januar 1948

day I was speaking to a painter I know about the figures left us by Seurat. I said that they were rooted there where he gave them being – eternally. How grateful I am to have lived with these figures of Seurat – on the Grande Jatte, at the Médrano, and elsewhere in the mind. There is nothing in the least illusory about these creations of his. Their reality is imperishable. They dwell in sunlight, in a harmony of form and rhythm which is sheer melody. And so with the clowns of Rouault, the angels of Chagall, the ladder and the moon of Miró, his whole menagerie, in fact. So with Max Jacob, who never ceased to be a clown, even after he had found God. In word, in image, in act, all these blessed souls who kept me company have testified to the eternal reality of their vision. Their everyday world will one day become ours. It is ours now, in fact, only we are too impoverished to claim it for our own.

Henry Miller
Big Sur, California
January 1948

Aquarelle

Zeichnungen

Lizenzausgabe mit Genehmigung der
Rowohlt Verlags GmbH, Reinbek bei Hamburg
›The simle at the foot of the ladder‹

›Das Lächeln am Fuße der Leiter‹

Gestaltung: Hans Peter Willberg, Eppstein
Herstellung: Grit Fischer, Frankfurt am Main
Schrift: 13 Punkt Stempel-Schneidler (CRTronic)
Satz: Fotosatz Hoffmann, Messel
Lithographie: RGD ReproGruppeDreieich,
Dreieich-Sprendlingen
Papier: B 80 holzfrei Werkdruck, 120 g/qm
der Papierfabrik Scheufelen, Oberlenningen
Druck und Bindung: R. Oldenbourg GmbH,
Kirchheim
Printed in Germany 1985
ISBN 3 7632 3074 2

Neben der Normalausgabe erscheint eine Sonderausgabe in einer Auflage von 230 Exemplaren, denen eine Lithographie von Lieselotte Schwarz beiliegt. Die signierten und numerierten Exemplare für die Büchergilde Gutenberg tragen die Nummern 1/210 bis 160/210, die Künstlerexemplare die Nummern 161/210 bis 210/210, die Archivexemplare die Nummern I/XX bis XX/XX.